甘味屋十兵衛子守り剣3

桜《さくら》夜《よ》の金つば

牧　秀彦

幻冬舎時代小説文庫

甘味屋十兵衛子守り剣3

桜夜《さくらよ》の金つば

目次

第一章　祝い菓子

一

淡い灯火《ともしび》が寒々しかった。

江戸の冬は、年が明けてからが本番。

暦の上で春を迎え、小正月を過ぎても冷え込みは厳しい。

夜更《よふ》けの土間に立てば尚《なお》のことで、足元から上ってくる寒さが身に染《し》みる。

火を使っている間はまだいいが、辛《つら》いのはかまどの前を離れての水仕事、そして立ちっぱなしで生地を練ること。

小野十兵衛《おのじゅうべえ》は今宵も独り、笑福堂《しょうふくどう》の台所で夜なべ仕事に励んでいた。

台の上で練るのは、白あんに山芋を混ぜた生地。

このところ十兵衛が毎日拵《こしら》えている、ねりきりの材料である。

白こしあんに求肥《ぎゅうひ》や茹《ゆ》でて裏ごしにした山芋を加えて練り、さまざまな色と形に仕上げるねりきりは、祝いの席に欠かせない縁起物の菓子。

腕の振るい甲斐《がい》はあるが、連日の夜なべはやはり辛い。

十兵衛の目の下には隈ができていた。身の丈が六尺（約百八十センチメートル）近く、体付きもたくましいが童顔なので、やつれていると妙に目に付く。

このところ、眠る余裕がほとんど無いのだ。

夜の商いならば、昼まで休むこともできる。

しかし、十兵衛の稼業は甘味屋。

客の多くは界隈の住人で、河岸《かし》で働く独り身の人足がとりわけ多い。

人足衆を束ねる松三《まつぞう》が遥香《はるか》に惚《ほ》れ込み、弟分たちを引っ張って来てくれるようになったのがきっかけであった。初めはいかつい兄貴分に無理強いされてのことだったが、今ではみんな朝の目覚まし代わりに甘い菓子を頬張《ほおば》り、温かい茶を飲んでいくことを日課にしてくれている。毎朝決まった時間に暖簾《のれん》を出し、好みの菓子を取り揃《そろ》えておかなくてはならない。

試作中のねりきりは、店で出す品とは違う。

常連の客たちが喜んでくれるのは、もっと身近で手頃な菓子。

甘い小豆あんを米や小麦の皮でくるんだまんじゅう、寒天で固めた練りようかんは老若男女の別を問わず好まれる。付き合いで店に入ったものの甘味が苦手な客のために夏はところてん、冬は小豆に似たささげ入りの赤飯を型抜きした、物相強飯《もっそうこわめし》も欠かせない。

以前はどちらも置いていなかったが、一番の常連になってくれている松三が実は甘いものを受け付けぬ質《たち》のため、常備するようにしたのだ。

赤飯は目出度《めでた》いときに限らず、江戸っ子の大好物。ちなみに小豆は解けずに二つに割れた形が切腹を連想させると見なされ、武士が多い江戸では炊き込まない。

十兵衛も武家の出だけに気を遣い、ささげを入れて炊いている。最初の頃は松三が、苦手な甘味の代わりに嬉々として食べるばかりだった笑福堂の物相強飯も、近頃は祝い事での注文が、少しずつだが増えつつある。

しかし、祝い菓子は一度も注文されたことがない。

常連の客たちは忘れていた。

一昨年に江戸に居着き、ここ深川は新大橋の東詰めに店を構えた当初の十兵衛が、凝った形のねりきりやこなしといった見慣れぬ菓子ばかりを店頭に並べ、まったく売れずにいたのを、今や誰も覚えていなかった。

どうしてそんな的外れな商いをしていたのか、真の理由を知る人は少ない。

十兵衛の生家は代々、加賀百万石に連なる大名家の御食事係を仰せつかってきた一族であり、主君とその妻子だけのために、凝った料理と菓子を手がけている。

そして遥香は先代藩主の側室で、かつて御国御前《おくにごぜん》と呼ばれた身分だった。

大名の家中での暮らしは、俗世間とは別物である。深川に馴染《なじ》み、土地柄を知る以前の十兵衛が、浮世離れした菓子ばかり作っていたのも無理はない。

受けのいい、手頃な甘味を専《もっぱ》ら手がけるようになって久しい十兵衛がこのところ寝る間を惜しみ、ねりきり作りに励んでいるのは、特別な頼みを受けてのこと。

商いと別のことに費やす時を増やしたければ、日々の営みを早め早めに済ませるように心がける必要がある。

売り物の菓子作りは、いつも白あんを練る前に仕込んでおく。

ささげと寒天は洗って水に浸けてある。

小麦粉を練った生地は酒粕《さけかす》を加えて捏《こ》ね上げられ、ただいま発酵中。

整然と片付いた台所には、鶏卵を山盛りにした籠が置かれていた。夜明け近くになったら近所の豆腐屋に、豆乳を分けてもらいに走らなくてはならない。いずれも常連の客が毎日喜んで買っていく、人気の菓子の材料だ。

店を出して、早くも二年。

いろいろあったが、笑福堂の商いは順調だった。

江戸に出てきたばかりの頃を思えば、よく乗り切れたものである。

大小の刀ばかりか羽織袴《はかま》まで遥香と智音《ともね》を養うために売り払い、それでも足りずに暮らしが逼迫《ひっぱく》し、このまま路頭に迷うよりは、国許《くにもと》で剣術とともども学び修めた菓子作りの腕で食っていこうと甘味屋を構えはしたものの、最初はまったく江戸っ子の好みが分からずに売り上げも伸び悩み、毎日苦労のし通しであった。

それが今では客足も増え、横浜で製法を学んできた洋風菓子の人気も上々。

早朝の賑《にぎ》わいが一段落し、毎日多くは作れぬ半生かすてらや豆乳プリンを求めてやって来る客の中には、甘味好きの通人もいる。

しかし、こたびの菓子作りは、かつてないほど至難だった。

相手が身分の高い上《うえ》つ方《かた》、しかも京の都から江戸へ嫁いでくる帝の姫君に献上する一品となれば、試作しているだけで緊張を強いられる。

自ずと寝不足にもなろうというものだが、白あんを毎晩練り、生地をさまざまな形に仕上げる作業に励んでいると、どこか心が休まるのも事実だった。

その理由を十兵衛は承知している。

今でこそ手頃な菓子を専ら手がける十兵衛だが、国許での修業中には、ねりきりやこなしばかり作っていた。

(懐かしい、な……)

何であれ、子どもは見た目から興味を抱く。

十兵衛が幼くして菓子作りの虜《とりこ》になったのも、父や兄たちが作る、さまざまな形のねりきりに惹かれたからだった。

練り上がった白あんで意匠を凝らすのは、大変だが面白かった。

もちろん人様の口に入る以上、いい加減には作れない。

初めは興味本位で父に手ほどきを乞い、厳しさに泣いた十兵衛も、慣れるほどに呆《あき》れられるほど熱中したものだ。

久しぶりの祝い菓子作りも、苦労しながら楽しんでいる。

今宵試作していたのは、鶴と亀を象《かたど》ったねりきり。

求肥を混ぜずに除《よ》けておいた白こしあんを、生地で包んで丸くする。

これは鶴の胴になる部分。

続いて麺棒を取ると生地を薄く伸ばし、対角線で三角に切り分ける。

先ほどの丸めた生地にくるりと巻き、三角のとがった部分を細い首に見立てて目を黒胡麻《ごま》、頭を食紅で色付けすれば、羽を休める鶴が一丁上がり。

淡い灯下での指さばきは滑らかだった。

鮨を握る職人にも似た、鮮やかな手つきである。連日の寝不足と立ち仕事で疲れきっているはずなのに、もたつく様子がまったく無い。

一気に仕上げた鶴の出来を確かめ、十兵衛はホッと息を吐《つ》く。

「ふぅ……」

深夜の店は静まり返っていた。

母娘が寝ている店の二階からも、物音ひとつ聞こえてこない。

智音も寝つきが良くなり、厠《かわや》へ連れて行けと夜中に無言で催促されることも近頃は絶えていた。おかげで集中できるのは有難いが、少々寂しくもあった。

「父親は居《お》らずとも子は育つ……か」

ふっと溜め息を吐き、十兵衛は作業に戻った。

余計なことを考えてはなるまい。

まだ試作の段階とはいえ、手抜きは禁物。

何であれ、稽古《けいこ》以上の実力を発揮するのは難しい。

本番を最高の出来にしたければ、日々の積み重ねを疎《おろそ》かにしてはなるまい。剣術の試合にも言えることだ。

十兵衛は黙々とへらを使う。

鶴に続いて拵え始めたのは、亀のねりきり。

手本にしたのは甲羅に絡んだ藻が尻尾のようになっていて、尚のこと縁起がいいとされる蓑亀《みのがめ》だった。

藻の一本一本まで再現していくのは、慎重さを要する作業。

眠気と戦いながらのため、表情は常にも増して真剣。如何《いか》に集中していても、ふっと気が抜けるときもあるので油断できない。

「む……」

十兵衛は懸命に手を動かす。

と、不覚にも足がよろめく。

「いかん、いかん」

慌てて十兵衛は踏みとどまる。

その広い背中を、じーっと智音が見つめていた。

いつの間にか目を覚まし、二階から降りてきたのだ。

今宵も十兵衛が集中していると見て取るや、すっと視線を転じる。

黒目勝ちのちいさな瞳を向けた先は、裏の路地に通じる勝手口。裏長屋と共用の厠まで行くには、台所のある土間を通り抜けなくてはならない。

智音はそろりそろりと歩き出す。

草履《ぞうり》を突っかけ、上がり框《かまち》から土間に降りる動きは慎重そのもの。

いつもの十兵衛であれば、即座に察知していただろう。

剣術の修行では、勘働きと呼吸法を会得することが課題とされる。

武芸の心得を持たない少女がどんなに足音を忍ばせ、息を殺したつもりでいても気付かぬはずがあるまい。

しかし、このところ十兵衛は疲れていた。

気を張ってはいても、そこは生身の体である。

眠気を堪え、目の前の菓子作りに熱中しながら、勘を働かせるなど無理な相談。

開いていた勝手口からちょこちょこ路地に出ていく智音をよそに、蓑亀の難しい細工に励むばかりであった。

二

程なく、亀のねりきりが出来上がった。

尻尾の如く藻の生えた、まさに蓑亀である。

へらで丹念に刻みを入れることによって、揺れる様まで見事に再現されていた。

「……よし」

十兵衛は満足げにうなずく。

夜が明けたら常の如く、まずは智音に披露して反応を見たい。

その智音が一人で厠に行ったことには、迂闊《うかつ》にも気付かぬままだった。

「さて、と……」

ホッとした面持ちで、十兵衛は腰を伸ばす。

立ち仕事は慣れていても疲れるもの。もとより休む暇など無かったが、強張《こわば》った足腰ぐらいは伸ばしたい――。

と、十兵衛の表情が鋭くなった。

勝手口の向こうから、板戸越しに殺気が漂ってくる。

何者かが、路地にいるのだ。

それだけではない。

「たす……けて……」

微かに聞こえてきたのは智音の悲鳴。

口を塞がれながらも抵抗し、懸命に助けを求めている。

「く！」

十兵衛は身を翻した。

駆け込んだのは、台所の続きの一室。

預かり者の母娘を二階に住まわせ、十兵衛が一人で寝起きしている板の間だ。

手を伸ばしたのは、刀架《とうか》に置かれた黒鞘《くろさや》の大小。

まずは脇差を帯前に、続いて刀を左腰に帯びる。

すぐさま土間へ取って返し、勝手口の前に立つ。

敵の狙いは分かっていた。

智音を捕らえたからといって、すぐさま命を奪いはしないはず。

悪党同士で手を組んだ江戸家老と国家老が口を封じてしまいたいのは、あの少女の母にして、先代藩主の側室だった遥香。智音を人質に取った上で誘い出し、身柄を押さえるつもりに違いなかった。

遥香は慈悲深い御国御前として、藩の臣民から慕われて止《や》まずにいた身。まさか娘を見殺しにするとは、敵も考えていないだろう。

それに智音は加賀百万石の前田《まえだ》家に連なる、今は亡き先代藩主の忘れ形見。先代に可愛《かわい》がられていた十兵衛にとっては、何を措《お》いても護《まも》らなくてはならない大事な存在であった。

思わぬ不覚を取ってしまったものである。

しかし今は悔いるより、取り返すために手を打つのが先。

「…………」

十兵衛は心気を整えた。

胸を張り、臍下《せいか》の丹田に息を落とし込めば、自ずと肩の力は抜ける。

両腕を体側に下ろし、指先で軽く腿《もも》に触れる。

自然体となった上で、板戸越しに気配を探る。

求めたのは智音の立ち位置だった。

姿なき敵も十兵衛と同じく、呼吸法を会得しているに違いあるまい。

だが、智音はふつうの子ども。

大名家の息女にして、戦国乱世の英雄だった前田慶次《けいじ》の血を引く末裔とはいえ、どこにでもいる十歳の少女にすぎなかった。無力なればこそ、護らねばならない。

緊迫した、微かな呼吸に十兵衛は耳を澄ませる。

刹那《せつな》。

「む！」

サッと十兵衛は跳び退《すさ》った。

今まで立っていた位置に、白刃《しらは》が飛び出ている。

板戸越しに突きを見舞われたのである。
とっさにかわさなければ、脾腹《ひばら》を貫かれていただろう。
敵も智音を人質に取ったところで、十兵衛を倒さなくては埒《らち》が明かない。
戦うより他に無いのだ。
斬《き》りたくないが、あちらから刃《やいば》を向けてくるとあっては、止むを得まい。
まずは、敵の得物を封じるのだ。
すっと十兵衛は手を伸ばす。
すでに刃は引っ込んでいた。
隙を見て、再び突いてくるに違いない。
刀の代わりに握ったのは、戸締まり用の心張《しんば》り棒。
再び板戸に近付き、無言で待つ。
刹那、鋭い刃が殺気と共に飛び出した。
応じて、十兵衛は棒を打ち込む。
上から下に叩き落としたわけではない。
下段から上段へ、ぶんと振り上げたのだ。

通常と逆向きの打ち込みには、勢いが付けにくい。適当に、力任せに振り回しても功《こう》は奏《そう》さなかっただろう。

刀に限らず、得物は小手先で振るったところで威力は出ない。

手首だけでは話にならず、上半身を一杯に使ってもまだ不足。

力の源となるのは、下半身。

それも対する敵より遠い側の足が、原動力となる。

この軸足の力を載せることで、打ち振るう得物は遺憾なく真価を発揮できる。

十兵衛の見舞った一撃は、角度も正確だった。

刀の場合、刃《は》筋《すじ》と呼ばれるものである。

正確であるが故《ゆえ》に力強く、敵の刃を阻んだのだ。

続く動きも速かった。

敵がたたらを踏んだ隙を逃さず、十兵衛はがらっと板戸を開ける。

目の前に立つ男は、墨染めの着物と袴に身を固めていた。

智音の姿は見当たらない。

敵から離れたところにいると判じた理由は、刺《し》突《とつ》の勢い。

目方の軽い子どもとはいえ、人一人を抱えたままでいれば満足な突きを見舞うことは難しい。確実に仕留めようと思えば、寸前に子どもを突き放すはず。

十兵衛の読み通り、敵は智音を路地に転がしていた。

声を出せないように、手ぬぐいで猿ぐつわを嚙《か》ませている。

助けるために、まず敵を倒さねばならない。

十兵衛は間合いを詰めていく。

敵は長身だった。

六尺近い十兵衛と向き合っても見劣りせず、手にした刀もすらりと長い。

優に二尺六寸（約七十八センチメートル）はあるだろう。

新々刀《しんしんとう》と呼ばれる、流行《はや》りの一振りだ。

昨今の日の本は、抜き差しならない状況に置かれている。

海を越えて押し寄せてきた列強諸国の外圧に幕府が屈し、開国ばかりか通商することまで余儀なくされたものの朝廷は抗戦を望んで止まず、太平の世に慣れきっていた武士たちは幕府に従って異国の要求を受け入れるのか、朝廷を奉じて尊王攘夷《じょうい》に立ち上がるかの選択を迫られていた。

風雲急を告げる中で刀が武士の魂と公に称され始め、水心子正秀《すいしんしまさひで》の一門を始めとする刀工たちが鎌倉の昔の太刀を思わせる、長尺の剛剣を盛んに作るようになってきたのも時代の為せる業《わざ》だった。

対する十兵衛の刀は、寸が詰まった重厚な造り。

鎌倉よりは時代の新しい、乱世の戦場で徒歩武者が振るった、打刀《うちがたな》である。

「うぬっ！」

敵が先に斬りかかって来た。

応じて、十兵衛は刀身を横一文字にする。

キーン
闇の中、金属音が響き渡る。

敵の斬り付けを、十兵衛はがっしりと受け止めていた。

戦国の世に造られた、重ねの厚い刀身は小揺るぎもしない。

尺こそ短いが、地鉄《じがね》の鍛えは敵の得物の上を行っている。

新々刀は外見こそ古風で立派だが、あくまで今出来の刀。

中には四谷正宗《まさむね》の異名を取った源 清麿《みなもとのきよまろ》のような天才もいるものの、ほとんどは見かけ倒しにすぎず、また長すぎるが故に扱いにくくもあった。

鉄壁の防御に阻まれた、敵の刃が微かに震える。

長い刀は切っ先が相手に届きやすい半面、競り合うときに力が込めにくい。

上から圧《お》し斬《ぎ》りにしようとしても、逆にぐいぐい押し上げていく十兵衛のほうが腰が入っていた。

機を逃さず、十兵衛は刀身を傾《かし》げる。

キン！

敵の刀が打《う》っ外《ぱず》された。

次の瞬間、よろめく胴に十兵衛の柄頭《つかがしら》が突き込まれる。

間を置くことなく、踏み付けたのは前に出ていた敵の右足。

「ぐわっ」

敵は踏みとどまれなかった。

みぞおちへの一撃に耐えても、刀を振るう際の支えとなる、足の甲を砕かれてはどうにもならない。

「去れ」

戦う力を失った敵に、十兵衛は淡々と告げる。

もとより命まで奪うつもりはない。

大人しく退散してくれれば、それで良かった。

片足を引きずりながら退散する敵を見送ると、十兵衛は刀を納めにかかる。左手で鞘を引き、帯びていた状態に刀を戻していく。

すぐに納刀しなかったのは、残心《ざんしん》と呼ばれる対敵動作の締めくくり。

長屋の木戸を破り、路地に侵入した敵は一人きりとは限らない。

あるいは伏兵が潜んでいるかもしれないと警戒しつつ納刀し、路地に転がされた智音の前に立った十兵衛は、静かに鯉口《こいぐち》を締めた。

智音を抱き起こしたのは、安全を確かめた後のこと。

「申し訳ありませせぬ、智音さま」

詫《わ》びながら速やかに猿ぐつわを外し、着物の汚れをそっと払う。

少女は落ち着いていた。

取り乱すことなく、黙って十兵衛に介抱されている。

幼いながらに幾度となく修羅場を乗り越え、腹が据わってきたらしい。

頼もしいことだった。

「大事ありませぬか」

「うん」

答える口調も静かである。

以前であれば大泣きした上、十兵衛に触られるのも嫌がったであろう。

だが、今は違う。

危機を招いたのは十兵衛に声をかけず、一人きりで表に出た自分自身と分かっていればこそ、責任を押し付けようともしなかった。

引き上げる前に、十兵衛はさりげなく念を押す。

「小用は済みましたのか、智音さま」

「すんだ」

厠の外で待ち伏せされたのだろう。

「それは重畳《ちょうじょう》……御前さまにご心配をおかけしてはなりませぬ故、お床に疾《はや》くお戻りくだされ」

「わかった」

短く答え、智音は先に立って歩き出す。

油断なく目を配りつつ、十兵衛は板戸を閉める。

心張り棒で戸締まりをするのをよそに、智音は階段を上がっていく。

ちいさな背中が二階に消えるのを見届けながら、十兵衛は反省しきりだった。

(迂闊であった……)

危機はまだ去っていない。

如何なるときも、油断は禁物。

そう自覚せずにはいられなかった。

風雲急を告げる時代に在《あ》って、十兵衛は次元の低い争いに巻き込まれていた。

御家騒動である。

他の大名家のように佐幕か勤王かで家中の意見が二分して、泥沼の抗争に至ったというわけではない。先代藩主を毒殺し、その弟でまだ若い現藩主を思うがままに操って藩政を牛耳ろうとする、くだらぬ連中に狙われていたのである。

遥香の口封じを目論《もくろ》む一味にとって、用心棒の如く行く手を阻む十兵衛は邪魔で仕方のない存在。

抹殺すべく、これまでにも幾度となく手練《てだれ》の刺客を送り込んできた。

十兵衛も一時は左手に傷を負わされ、刀を振るうばかりか菓子を作るのにも支障を来《きた》したものである。

そんな危機を乗り切っていながら、このところ十兵衛は迂闊であった。

智音には夜中に一度目を覚まし、小用に立つ習慣がある。

暗い路地の奥にある厠まで独りで行くのは怖いため、十兵衛が眠っていても必ず起こして付き添わせるのが常だった。

年が明けたからといって、急に習慣が改まるはずもない。

智音は、かねてより十兵衛を気遣っていたのだ。

大きな仕事を任されたのを邪魔してはいけないと幼いなりに考え、今夜に限らず頑張って独りで用を足していたのだ。

目の前の仕事に精魂を込めるのも大事だが、第一に護るべきものを疎かにしてはなるまい。

「いかんな……」

土間に立ち尽くしたまま、十兵衛は頭を振る。

と、階段の軋《きし》む音が聞こえてきた。

「十兵衛どの……」

「御前さま？」

サッと十兵衛は居住まいを正した。

左に提げていた刀を右に持ち替え、深々と一礼する。

「そのままで構いませぬ」

呼びかけて来る遥香の顔は、いつもと変わらず穏やかだった。

「お顔の色が冴えませぬ。何かございましたのか？」

「大事はありませぬ。御前さまこそ、何事にございまするか」

もしや、智音が危ない目に遭ったと気付いたのか。

叱責《しっせき》されても仕方あるまい。

不安な面持ちで問うたのに、遥香は明るく答えた。

「いえ、智音が一緒に来てと申しますのでね」

「は？」

「十兵衛どのが今宵は何を拵えたのか、気になるみたいですよ」

見れば、智音が遥香にくっついている。

「そ、それは恐れ入りまする」

当惑する十兵衛の視線の先で、智音がにっと笑ってみせた。

危ない目に遭いながらも、十兵衛が夜なべで拵えていた菓子のことが気になっていたのである。

しかし、下した評価は手厳しい。

台所に入って鶴と亀を眺めるや、ぷっと頬をふくらませる。

そして、

「かわいくない」

面白くなさげに一言つぶやき、手に取ろうともしなかった。

一方の遥香も困り顔。

「相変わらずお見事ですねぇ。されど……」

「な、何でございまするか？」

「ありふれてはおりませぬか、十兵衛どの」

「………」

「祝いの菓子と申さば、鶴も亀も目出度き限り。御国許では御上《おかみ》の御相伴に与《あずか》りて幾度も頂戴いたしました。まことに結構なものなれど……逆に申さば見慣れておりまする。宮様となれば尚のことでありましょう」

たしかに、言う通りである。

一万石の大名の側室だった遥香がそう思うとなれば、凝った鶴と亀を精魂込めて拵えたところで無駄なこと。口にするどころか、触れてももらえまい――。

今まで遠慮をして口にせずにいてくれたのだろうが、これが本音なのだ。

「かたじけのうござる、御前さま」

十兵衛は深々と頭を下げた。

「こちらこそ、勝手を申してしまいましたね。許してください」

気遣うように遥香は言った。

「どうでしょうか十兵衛どの、御上にお八つを毎日差し上げていらした頃に戻ってみては……？」

「殿のお八つ、にございまするか」

「ご存じの通り、御上はあれで舌の肥えたお方でありました。どら焼きや金つばを好んで召し上がっておられたのは、十兵衛どのがお作りになられればこそにございまする」

「どういうことでありますか」

「十兵衛どのならば、ありふれた菓子も上つ方のお口に合うように仕上げられると存じまする。いかがでしょうか？」

「……恐れ入りまする、御前さま」

十兵衛は重ねて頭を下げた。

「されど今少しねりきりを拵えてみとうございますれば、しばし時をくだされ」

「はい」

十兵衛の考えを打ち消すことなく、遥香は明るく微笑《ほほえ》んだ。

視線を巡らせ、台の前に立っていた智音を見やる。

退屈した少女は残りの生地に手を伸ばし、好き勝手に捏ねていた。

もとより、十兵衛は菓子作りのことなど何も教えていない。

にも拘《かか》わらず、形作る手付きは意外と達者。

捏ね上げたのは蛇だった。

余っていた黒胡麻をつまんで、ちょんちょんと目を付ける。

「まぁ、大きな蛇ですこと」

遥香がふっと苦笑する。

「いたずらでそんなものを作っておると、本物が襲って参りますよ」

「だいじょうぶだよ」

智音はにっと笑い返す。

「わるいやつは、じゅうべえがやっつけてくれるもん。ね？」

十兵衛を見上げる視線は、いたずらっぽくも真摯《しんし》であった。

この信頼を裏切ってはなるまい。

「お騒がせをいたしました。どうぞお戻りくだされ」

「十兵衛どのこそ休んでくだされ」

苦笑を収めた遥香が、真面目な口調で告げてきた。

「岩井《いわい》さまのご期待に添うのも大事ではございましょうが、無理をして体に障っては元も子もありますまい」

「恐れ入りまする」

「さぁ、私どもも休みますので寝てくだされ」

「心得ました、御前さま」

感謝の笑みを返し、十兵衛は母娘を二階に上げた。

独りになり、国許で過ごした日々に思いを馳せる。

(殿のお八つ……か)

三人の生国の下村《しもむら》藩は、能登半島に在る一万石の小藩。一度は廃藩となって幕府直轄の天領にされるところを、時の将軍だった五代綱吉《つなよし》公の計らいで存続することを許され、加賀百万石の支藩として文久二年(一八六二)の今に至っていた。

北陸の長閑《のどか》な小藩で生まれ育った十兵衛は、藩主の御食事係を代々務める小野家の末っ子でありながら、子どもの頃から好きだった剣術の稽古と、菓子作りの修業にばかり励んできた。

一族の使命を担わされ、追い立てられるようにして腕を磨いたのではない。

武家の台所を預かる御食事係は、主君の血となり肉となる料理を作ることが唯一の使命であり、嗜好品を拵えるのはあくまで余技。十兵衛は気楽な部屋住みだったからこそ、菓子作りの技のみ学び修めることに専念できたのだ。

それが大の甘味好きの藩主に目を付けられ、お気に入りとなったのである。

国許に在った頃、十兵衛は先代藩主だった前田慶三《けいざ》の側近くに仕えていた。

その役目は、主君が望む菓子を作って供すること。

正式な役職ではなかったが、甘いものが何より好きな慶三から父や兄たちより気に入られ、多忙ながらも満ち足りた毎日を過ごしていたものである。

在りし日の慶三は、まことに愛すべき人物だった。

文武の両道に秀でていながら無邪気さを失わず、十兵衛が丹精を込めた菓子を前にすると目の色を変えて喜んでくれる、尽くし甲斐のある藩主だった。

心から敬愛できる、無二の主君と見込んでいればこそ、幼馴染みの遥香が側室となって智音を産んでも十兵衛は嫉妬の念など抱くことなく、いつも温かく見守っていられたのだ。

だが、幸せな日々も長くは続かなかった。

ある年の嘉祥《かじょう》の日、嬉々として祝いの菓子を口にした慶三が突然倒れ、そのまま帰らぬ人となったのである。

十兵衛は真っ先に疑われたが、もとより主殺《しゅうごろ》しをする理由など有りはしない。

そして、次に嫌疑をかけられたのは遥香だった。

罪を着せられ、まだ幼子だった智音ともども、座敷牢に押し込められたのだ。

国許から連れ出したものの、まだ危機は去っていない。

いずれ決着を付けた上で、市井の暮らしを全うしたい。

それが遥香と十兵衛の切なる願いであった。

だからこそ十兵衛は、将軍家に献上する菓子の試作に励んでいるのだ。

日々の商いをこなしながらとなれば、楽でないのは当たり前。

それでも、励むだけの値打ちはある。

和宮《かずのみや》の降嫁を祝して献上する菓子が評判となれば、客は一層増えるはず。

何より、遥香と智音の立場が安泰となるだろう。

刀を振るうばかりが、二人を護ることではない。

天下の江戸で菓子職人として将軍家にまで認められれば、下村藩を牛耳る悪家老どもも手を出せなくなるのは必定。力を尽くす甲斐もあろうというものだ。

野心を持たぬ十兵衛が評判を取ろうと励む理由はただひとつ、遥香と智音に安らかな日々をもたらすため。

その上で愛しい母娘と共に、ひとつ屋根の下で心置きなく暮らしたい。
これまで差し出がましいと思って抑えてきた、父親代わりになりたいという願いであった。

三

笑福堂に限らず、甘味屋はどこも朝が早い。
だが、その店は下々の客など相手にしていなかった。
品物を納める先は、名だたる豪商や分限者《ぶげんしゃ》ばかり。
武家の客も大身の旗本や大名家で、大奥にも出入りを許されている。
屋号は和泉屋《いずみや》。あるじの名は仁吉《にきち》。
かねてより十兵衛を敵視し、潰してやろうと目論む男であった。
今日も仁吉は店に立ち、菓子作りに励んでいた。
「何してやがる！　あん炊きの最中によそ見をするんじゃねぇ！」

「まだ揃わねぇのか！　貸してみろ！」

抱えの職人たちに檄《げき》を飛ばし、諸方からの注文をてきぱきとこなしながら、江戸城に献上する祝い菓子の試作にも余念が無い。

色とりどりのねりきりは、十兵衛にも増して細工が凝っている。

松竹梅に鯛と海老。

蓬莱《ほうらい》の造りも見事であった。

(十兵衛め、見てやがれ……)

端整な顔を紅潮させ、ねりきりを作る仁吉は真剣。

今度こそ、十兵衛を立ち上がれないようにしてやる。

それも菓子職人として、己の腕で捻《ね》じ伏せるつもりであった。

将軍の婚礼の祝い菓子を手がける折など、滅多に巡ってくるものではない。

そう思えばこそ岩井信義《のぶよし》に直談判し、十兵衛と競いたいと願ったのだ。

自分も菓子を献上したい。上様と御台所様に品比べをしてもらい、敗れたときは潔く、店の看板を下ろすと訴えたのだ。

一度は見放された相手に捻じ込むとは、大した度胸。故に信義も認めたのだ。

仁吉がそこまでやったのは、こたびの勝負は信義なくして成立しないため。

何の伝手《つて》もなしに、菓子を献上するなど叶《かな》わぬ話である。

なにしろ、相手は雲の上のお方なのだ。

和宮は、将軍家が最高の礼を尽くして迎えた花嫁。

京から江戸まで下る嫁入り道中では中山道の整備を始め、実に九百万両もの巨費が投じられたのだから尋常ではない。

その和宮に祝い菓子を献上するのは、甘味屋として至上の名誉。

仁吉が汚い真似《まね》をせずに正々堂々、持てる技術を惜しみなく振るって真剣勝負をしたいと望んだのも当然だろう。

因縁の十兵衛との決着に、これ以上望ましい舞台は無い。

出来を判じてくれるのは征夷大将軍、そして正妻の御台所。しかも、菓子の本場たる京の都で生まれ育った、やんごとなき皇女の口に入るのだ。

これで仁吉の菓子が上出来と見なされれば、十兵衛は二度と立ち上がれなくなるに違いなかった。

新奇な洋風菓子で得た評判が落ちるのはもちろん、菓子職人としての矜持《きょうじ》も奪われて、後は廃業するしかなくなるはず。

もはや命まで取ろうとは思わない。

今度ばかりは卑怯《ひきょう》な手を使わず、実力で捻じ伏せてみせる――。

仁吉もまた、本気であった。


その日の午後、仁吉は岩井信義の屋敷に呼ばれていた。

「後は頼んだぜ。手ぇ抜くんじゃねぇぞ！」

職人たちに凄みを利かせ、待たせておいた駕籠《かご》を飛ばす。

「おお、参ったか」

満面の笑みで仁吉を迎えた信義は、ただの好々爺ではない。

御側御用取次《おそばごようとりつぎ》を勤め上げ、家茂《いえもち》公の信頼も厚い、幕閣の隠れた大物である。

存在の大きさは老中や若年寄も無視できず、息子に家督を譲った後も折に触れて登城してもらっては、相談することを欠かさずにいる。

その日、屋敷にはもう一人呼ばれていた。

「おぬし……」

「よぉ、久しぶりだな」

遅れて現れた十兵衛を、仁吉は不敵に見返した。

再三嫌がらせを繰り返していたくせに、悪びれもしない。

「聞いてるぜぇ、商売繁盛で結構なこったな」

「おかげさまでな」

「へっ、別に何もしちゃいねぇや」

「………」

「だけどよぉ、商いにかかりきりで献上菓子まで手が回るのかい？」

うそぶく仁吉は、笑福堂の内情を承知していた。

「一人きりで店をやってるお前さんに、恐れ多くも御台所様に差し上げる菓子たぁ荷が勝ちすぎってもんだろうぜ。今のうちに降りたらどうなんだい？」

事実を指摘しただけであり、何も卑怯な真似をしているつもりはなかった。

今度ばかりは、汚い手を使うつもりはない。

卑怯な真似をするのを控え、実力で十兵衛を捻じ伏せるつもりなのだ。

仁吉にも職人の意地がある。

侍くずれになど、後れを取ってなるものか。

持ち前の負けん気は、かっかと燃え盛るばかりである。

それでいて、仁吉は抜け目のなさも健在だった。

もしも十兵衛が自信を喪失しており、勝負を捨てるつもりでいるのなら、それはそれで面白い。今少し揺さぶりをかけ、辞退を促すのも一興というものだ——。

「岩井のご隠居に詫びを入れるなら今日しかあるめぇ。そうしろよ、な？」

席を外した信義が戻らぬのをいいことに、仁吉はしつこい。

しかし、十兵衛は逆上しなかった。

「……仁吉どの」

「な、何でぇ」

おもむろに見返され、仁吉はびくりとする。

十兵衛が剣の手練であることは、もとより承知の上である。

横山外記《よこやまげき》の話によると国許で一番の遣い手《てごわ》というわけではないらしいが、武芸の心得など持たぬ仁吉から見れば十分手強い。

これまでにしてきた嫌がらせのお返しに、何かされるのか。

思わずびくついたのも、無理はなかった。

と、十兵衛はにっこり笑う。

屈託のない笑顔だった。

「こたびは正々堂々、お互いに力を尽くそうぞ」

「へっ、驚かすんじゃねーぜ」

仁吉は苦笑した。

十兵衛は、どこまでお人よしなのか。

敵意を剝《む》き出しの仁吉に言い返そうともしない。

ここまで人がよいとは、さすがに思っていなかった。

「お前さん、損な性分なんだなぁ……」

「何のことだ？」

呆れた気持ちでつぶやく仁吉に、十兵衛はきょとんとしている。

「何でもねぇよ」

仁吉はまた苦笑した。

不思議なことに、相手を馬鹿にする気は失せていた。

十兵衛は口先だけの手合いではない。

正々堂々の勝負を望むというのは、紛れもなく本心なのだ。

もとより望むところである。

「いいだろう。騙《だま》しっこなしで勝負をしようじゃねぇか」

「まことか？」

「馬鹿野郎、いちいち念を押すまでもねぇやな」

「かたじけない」

ふっと十兵衛は微笑んだ。

今度は汚い真似をされぬとなれば安心だが、喜んでばかりはいられない。

仁吉の菓子がお褒《ほ》めに与れば、十兵衛はすべてを失う。

信義も贔屓《ひいき》はしないだろう。

あの老爺は、根っからの甘味好き。

今日も勝負の本番を前にして二人を呼び集め、自らの舌で試作品を吟味することになっていた。

「待たせたのう、おぬしたち」

ようやく信義が現れた。

「さて、まずはどちらから味わわせてもらおうかの」

「お願いいたしやす、ご隠居」

仁吉はいち早く名乗り出た。

「さぁ、どうぞ」

持参の重箱に詰めてきた、縁起物尽くしのねりきりを披露する態度は自信満々。

信義の反応も上々である。

「うむ、うむ、目出度い上に取り合わせもいい……よう考えたのう」

つぶやく口調に、かつての遺恨は微塵《みじん》も無い。

甘味を愛して止まねばこそ、あくまで公平な信義だった。

「されば十兵衛、次はそのほうだの」

「は」

言葉少なに答えつつ、十兵衛は小ぶりの重箱の蓋を取る。

中には、紅梅と白梅を象ったねりきりが詰められていた。

個々に形作ったわけではない。

重箱全体を画仙紙に見たて、絵を描くが如く、底に敷き詰めたのだ。

「見事じゃ……」

感嘆する信義をよそに、仁吉は仏頂面。

せっかくの二枚目も台無しだ。

だが、続く信義の反応は意外なものだった。

「…………」

ひと舐《な》めしただけで、黒文字の楊枝《ようじ》を置く。

見た目は、間違いなく十兵衛の圧勝であった。

しかし、肝心の味わいは仁吉のほうが多種多彩。

ねりきりばかりと思いきや、こなしと半々になっていたのだ。

その名の通り、あんに小麦粉を加えた生地をよく揉《も》みこなして作るこなしは京の都で好まれる、もっちりした食感が魅力の茶菓子。揉んで仕上げる前に生地を一度蒸すことで、小麦粉に含まれる蛋白質《たんぱくしつ》が活性化し、弾力に富んだ味わいとなるのだ。

麩《ふ》が多く食される京ならではの菓子と言えよう。

こなしで統一していれば和宮の好みに狙いを絞ったと見なされそうだが、仁吉は関東風のねりきりのことも、疎かにしていなかった。

都人《みやこびと》は江戸を含む東国の武士たちを野蛮であると見なしがちで、武家の棟梁《とうりょう》たる征夷大将軍の家茂公に嫁ぐのを和宮が嫌がっていた理由ともされている。だが実際の家茂公は柔和で慈悲深く、江戸菓子のねりきりは繊細な形と味わいが身上であり、都人に誤解されているような粗雑さなど、まったく無い。

そんなねりきりとこなしを半分ずつ、いずれも松竹梅や鶴亀といった縁起物に形作って盛り付けた仁吉の祝い菓子は、持参して江戸城中で披露する信義にとっても説明がしやすく、この菓子詰めの如く和合《わごう》していただければ幸いと、公武合体を自然な流れで称《たた》えることができる。仁吉も心憎い演出をしてくれたものである。

対する十兵衛は、東国風を強調しすぎだった。

重箱の底一杯に紅白の梅をあしらった構図は大胆にして美しく、ねりきり自体の味も決して仁吉に負けてはいなかった。

だが、これでは和宮に江戸菓子を押し付けようとしていると誤解され、お付きの女官たちからも、もしや家茂公の指図なのかと悪く思われかねない。もちろん信義も東国風の菓子のよさは知ってほしいが、京菓子との調和が取れた仁吉の作と一緒に供すれば、どちらに軍配が上がるのかは明らかだった。

(何としたのじゃ、小野十兵衛……)

口に出さずとも、渋い表情と態度を見れば評価の違いは察しが付く。

がっくりと肩を落とす十兵衛をよそに、仁吉は得意満面。期待を込めて、信義を見上げている。

腹立たしいが、致し方ない。

この場は信義も、仁吉に軍配を上げざるを得なかった。

四

日が経つのは早いもの。

早々に月は明け、二月になっていた。

十一日は、家茂公と和宮の婚礼。

来《きた》る決戦に備え、十兵衛は今日も試作を繰り返していた。

岩井邸での失敗を反省し、遥香の意見も改めて踏まえてのことである。

朝日の射す台所に立ち、十兵衛は黙々と手を動かす。

菓子を味わう相手の気持ちになって、押し付けがましさの無いように、謹んで供したい。その一念のみを込め、無心になって励んでいた。

すりこぎを使う音が聞こえてくる。

すり鉢の中身は大和芋。皮を剝いて擂《す》りおろし、とろとろになってきたのに少しずつ砂糖を加えながら、更に擂ることを繰り返していた。

砂糖が全体に混ざったところで、振り入れたのは上用粉《じょうようこ》。うるち米を水洗いして乾燥させたのを上新粉よりも更に細かくした、上等の米粉だ。

とろとろの芋をすり鉢の中心にへらで寄せたら、後は手作業。左手をすり鉢の縁に添えて揺すりつつ、右手で芋と粉を辛抱強く馴染ませていく。

十兵衛が拵えていたのは薯蕷《じょうよ》まんじゅう。

擂りおろした大和芋に砂糖と粉を加え、あんをくるんで蒸し上げた、雅な味わいの菓子である。

高級品という意味を込め「上用」まんじゅうとも称される一品は、蒸し上がりの艶やかさが身上。大和芋と米粉を丹念に混ぜ合わせた純白の生地は柔らかく、中に包まれた小豆あんとの相性は見た目も味も申し分なく、まして甘味好きならば嫌いなはずがあるまい。

何より十兵衛が気を配ったのは、生地の柔らかさだった。

和宮は、大奥で針のむしろに等しい暮らしを強いられているという。

信義から聞き出したことではない。

十兵衛のためにと、美織《みおり》が密《ひそ》かに調べてきてくれたのだ。

京の御所のしきたりをそのまま持ち込もうとした和宮に、天璋院《てんしょういん》はことごとく異を唱えているという。

先代将軍の正室となれば、権威は絶大。

配下の上臈《じょうろう》や中臈《ちゅうろう》も女丈夫な者ばかりで、和宮が京から伴ってきた庭田《にわた》嗣子《つぐこ》らの女官たちも太刀打ちしきれず、御風違いに悩むあるじをただ慰めることしかできずにいるらしい。

日々悩みが尽きぬであろう和宮のために、何かして差し上げたい。

婚礼の祝いに限らず、いつも食べたくなってくれるような菓子がいい。

とはいえ、飴《あめ》ではありきたりすぎる。

音を立てて食べる煎餅など、それこそ天璋院の怒りを買うだけのこと。

ここは和宮だけでなく、大奥を牛耳る女傑にも配慮が必要であろう。

丹精を込めて薯蕷まんじゅうを拵えながら、十兵衛はもう一品、別の菓子を用意することにした。

選んだのは、小豆あんと米粉を材料とする高麗餅《これもち》。

薩摩《さつま》の地に伝来する名菓である。

天璋院は薩摩の島津《しまづ》家から、将軍家に嫁いだ身。新婚当時のお付きだった古株の女中たちにも、島津藩の出の者が多いという。

和宮ばかりでなく自分にまで、しかも郷土の名菓を献上されたとなれば悪い気はしないだろう。

今は鬼の如き姑となっている天璋院も、かつて篤姫《あつひめ》と呼ばれていた頃には東国へ嫁がされ、慣れぬ暮らしに悩んだ覚えがあるはずだ。

そんな若かりし頃の苦労を少しでも思い出してもらえれば、和宮への風当たりも幾分穏やかになるのではないか――。

二つの菓子を並行して作り上げる、十兵衛の手付きは優しい。

作り手が気持ちを込めたとき、菓子の味は深くなる。

そう信じることこそが大事なのだと、十兵衛は日々感じていた。

甘味屋の商いを通じて得た、実感である。

江戸に居着いて店を構えたばかりの頃、毎日拵えては無駄にしていたねりきりやこなしは、持ち前の腕をただ振るっただけの代物にすぎなかった。

菓子そのものが気取っていると受け取られ、界隈の人々に受け入れられなかったのだろうが、何よりも味わう相手を想う気持ちが足りていなかった。

まったく売れなかったのも、当然だろう。

だが、今の笑福堂で出している品々は違う。

まんじゅうひとつ、ようかんひと切れに至るまで、毎日喜んで買ってくれる客の顔を思い浮かべながら用意している。

甘味が苦手な松三のために炊く、物相強飯も同様だった。

丸い輪型で抜いたおこわは、みっちりと詰まっていて腹もちもいい。

「ご馳走さん、おはるちゃん」

今朝も遥香に給仕をしてもらって三つも平らげ、松三はご機嫌で席を立つ。

「おら、竹も梅も長《なが》っ尻《ちり》をするんじゃねーよ」

馬鹿話に興じる弟分たちをどやしつけ、勘定を済ませながら松三は台所の十兵衛に声をかけた。

「旦那ぁ、今日も美味《うま》かったぜぇ」

「ありがとうございます」

「明日も来るからよ、俺の強飯を切らさねーでいてくんな」

笑顔で告げ置き、大きな体を揺らして松三は去っていく。

十兵衛が菓子を献上する一件は、すでに界隈でも評判になっていた。

もちろん松三も承知の上だが、余計なことは口にしない。十兵衛の腕を信頼していればこそであった。

十兵衛は、薯蕷まんじゅうと高麗餅を手際よく作り上げていく。

このところ夜なべで仕事をするのを控え、ぐっすり眠って早起きすることを日々心がけていた。

店に出す菓子を拵えながらでも、試作はできる。

むしろ日頃の味を、献上する品にも込めたほうがいい。

そんな一念で取り組んでいた。

かくして出来上がった二品を智音が目にしたのは、その日の午後。裏の長屋の新太《しんた》を始めとする、近所の遊び友達も一緒だった。

「……おいしい」

声こそ小さいが、目は口ほどにものを言う。

智音は、黒目勝ちの双眸《そうぼう》をキラキラさせていた。

これまで幾度となく十兵衛の拵えた菓子を口にしていた智音の、かつてなく心のこもった反応だった。

一方、他の子どもたちは反応も分かりやすい。

「うまいなぁ、これ！」

「うめぇ、うめぇ」

「おいしいねぇ、おにいちゃん！」

おにいちゃんとは十兵衛のこと。

童顔でも大人は旦那と呼んでくれるが、長屋住まいのちび連はがき大将の新太に倣《なら》い、気安く呼びかけるのが常だった。

　逆に言えば、みんな親しみを感じているのだ。

　菓子にしても、不味《まず》ければお世辞など言ったりしない。

「へへっ、ぷにぷにしてらぁ」

　柔らかい皮の感触を楽しみながら、新太は薯蕷まんじゅうを頬張る。

　高麗餅も好評だった。

「こっちもうまいよ、おにいちゃん」

「もちもちだね」

「うん、おいしい！」

　もぐもぐしながら、ちび連は喜色満面。

　小豆あんが練り込まれた生地がまさに餅の如く歯ごたえがあり、底にはようかんと同様に固まったあんこが敷かれていて、二度美味しいところも子ども心に響いたのだろう。

「お見事です、十兵衛どの」

「かたじけない……」

遥香の言葉に答える十兵衛は感無量。

子どもたちを優しく見守りながら、遥香も目が潤んでいた。

五

かくして二月十一日、笑福堂と和泉屋の菓子が江戸城中に運ばれた。

むろん、婚礼の中心に据えられたわけではない。

あくまでささやかな贈り物として、信義は献上に及んだのだ。

考えがあっての措置である。

家茂公は本来、派手な真似を好まぬ質。

和宮の降嫁に巨費が投じられ、豪華絢爛《ごうかけんらん》な宴が催されたのは、朝廷と諸大名に対する、幕府の示威にすぎない。

大事なのは、形ばかりの式典を終えた後のことだった。

「お疲れ様にございまする、御上」

「じいも大儀であったな。苦しゅうない故、楽にいたせ」

「恐れ入り奉りまする」

気さくに呼びかける家茂に、信義は深々と頭を下げた。

男子禁制の大奥に信義が出入りを許されるのは、格別の信頼があればこそ。

持参した菓子は腰元たちの手によって、うやうやしく供された。

仁吉のねりきりとこなしに対し、十兵衛が拵えたのはまんじゅうのみ。大きく口を開けなくても食べられるように小ぶりにまとめ、色も紅白にした上で鶴と亀の焼き印を用いて縁起よく仕立ててはあるが、多彩な仁吉の詰め合わせと並べるには素朴すぎる一品だった。

「何じゃ、それは」

真っ先に難癖をつけたのは、同席していた天璋院。

将軍の未亡人の常として髪を落とした、尼僧の姿である。

墨染めの衣を着けていても、凛々《りり》しく整った容姿は健在。

持ち前の気の強さも、若い頃から変わっていない。

平伏している信義を、天璋院はじろりと見やる。

「岩井どの、切れ者と呼ばれしそちも耄碌《もうろく》したらしいのう」

「何と仰せであらせられますか」

「決まっておろう、その粗菓《そか》よ」

侮蔑の視線を向けたのは、十兵衛の薯蕷まんじゅう。

色とりどりのねりきりとこなしに比べれば、見劣りするのも無理はない。

しかし、家茂公は眉を顰《ひそ》めはしなかった。

吟味する態度は、あくまで公平。

まずは仁吉の作に、続いて十兵衛の皿に手を伸ばす。

いずれも、先に味わったのは家茂である。

天璋院の表情は不満げだった。

将軍家の信頼も厚い岩井の隠居が推挙した職人たちの菓子とはいえ、毒が入っていないという保証はどこにも無い。

すでに毒見は済んでいるから、という問題ではない。

仮にも妻ならば、進んで身を挺するべきだ。

それを夫に、しかも征夷大将軍に先に食べさせるとは何事か。

だが、当の将軍は天璋院に構わず、菓子を堪能するばかり。

そんな家茂が上出来として選んだのは、薯蕷まんじゅうだった。

「お口に合いまするか、上様」

「うむ。実に柔らこうて、歯にも障らぬ……」

家茂は甘味好きが災いし、虫歯が多い。

知られざる秘事も日頃から大奥に出入りしている仁吉は承知の上で、ねりきりとこなしならば口当たりも滑らかだろうと、事前に計算済みであった。

だが、濃厚すぎるのも考えもの。

歯にまとわりつけば、後で磨くのも難儀である。

一方、薯蕷まんじゅうは虫歯でも食べやすい。

柔らかい皮は嚙まずともほどけるし、あんは喉で味わえばいい。仁吉の菓子には閉口した家茂も、小ぶりな十兵衛のまんじゅうは早々に二つも平らげていた。

自分だけ好みの菓子を堪能して、ご満悦だったわけではない。

「さぁ、食すがいい」

緊張した面持ちの和宮に微笑みかけ、懐紙に載せたまんじゅうを手渡す。腰元に手出しをする隙など与えぬ、優雅にして速やかな動きであった。

こくんとうなずき、和宮は夫から楊枝を受け取る。

天璋院は、また渋い顔。

家茂はさりげなく扇を開き、和宮の顔を隠してやる。

そこに追加の菓子が運ばれてきた。

運ぶ頃合いを指示したのは信義である。

「笑福堂より、謹んで天璋院様に献上つかまつりたいとの由《よし》にござる」

「まぁ……」

一目見るなり、吊り上がっていた女傑の眉が思わず下がる。

傍らに控えた古株の女中たちも、みんな懐かしげな面持ちになっていた。

高麗餅は、数も十分に足りている。

「ほんに久しぶりじゃ……うむ、うむ、黒糖もよう利いておるわえ」

天璋院は上機嫌。

「岩井どの、その笑福堂とやらは九州の出かえ？」

「いえ、下村の浪士にございまする」

「下村と申さば、加賀様のご縁戚の……その者がまた、何故に江戸で菓子商いなどをいたしておる？　これほどの腕ならば、立派に国許で任が務まるであろうに」

「些《いささ》か子細もございますれば、追ってお話をいたしまする」

そんな光景をよそに、家茂は微笑んでいた。

信義には扇で隠された、和宮の表情までは見て取れない。

だが、家茂の動きを見れば察しが付く。

ひとつ、またひとつ。

小ぶりのまんじゅうを次々に懐紙に取り、渡してやる手付きは優しい。

「気に入ったぞ、じい」

「ははーっ」

平伏した信義の顔には満面の笑み。

かくして十兵衛は勝利し、仁吉との因縁は決したのであった。

結果は、その日のうちに両者に知らされた。

信義は夜更けの屋敷に二人を呼んだ上で、十兵衛の勝ちを宣したのだ。

これまでに仁吉が数々の策を弄《ろう》し、笑福堂を追い込んできたのはもとより承知の上である。

敢《あ》えて咎《とが》めずにいたが、そろそろ潮時。

この機に懲らしめ、店を畳むと言うのならば畳ませよう。

そんなつもりで、二人を呼びつけたのだ。

自信を打ち砕かれた仁吉は、しばし茫然《ぼうぜん》としていた。

信じがたいことだったが、負けた以上は潔くするのが江戸っ子の意地である。

「……参った、参りましたよ、ご隠居さま」

勝負に敗れたときは、潔く看板を下ろす。

仁吉から言い出したことであり、約束は約束である。

だが、そんなことを実行させるつもりなど、もとより十兵衛には無かった。

「待たれよ、仁吉どの」

「何でぇ、嫌味でも言うつもりかえ」

「埒もないことを申すでない」

腐る仁吉の前に廻《まわ》り、告げる表情は真剣そのもの。

「おぬしの甘味を楽しみにしておる人も多いのであろう？　どうかこれからも佳《よ》き菓子を作り続けてくれ」

「お前さん……」

「おぬしの腕は本物だ。まことに大したものぞ……。願わくば、今後も競い合《お》うて参りたい」

「そいつぁ、本気で言ってることなのかい」

「うむ」

「信じられねぇ」

仁吉は戸惑うばかり。冗談を言われているとしか思えなかった。

それも、すこぶる酷《ひど》い冗談を――。

だが、十兵衛の態度に偽りなど有りはしない。

いろいろあったが、すべては終わったことだと割り切っている。

改めてくれれば、それでいい。

「ほんとにいいのかい、十兵衛さん」

「左様に申しておるではないか」

「すまねぇ」

仁吉は憑《つ》き物《もの》が落ちたようだった。

しかし、万事上手《うま》くいったわけではない。

勝利と友情を同時に得た十兵衛に対し、信義は明かすに明かせぬ、忸怩《じくじ》たる思いを抱えていたのである。

今、この場で知らせるのは酷なこと。

そう思えばこそ、敢えて笑顔を浮かべたままでいた。

「二人とも大儀であったの。向後《こうご》は仲良う励めよ」

並んで礼を述べる十兵衛と仁吉に微笑み、心地よく送り出してやるのが精一杯というのが、我ながら情けなくて仕方が無い。

高麗餅で機嫌を良くした天璋院を介し、遥香と智音の保護を幕府に訴える計画が加賀百万石の干渉により、不首尾に終わってしまったのである。

裏で邪魔をしたのは、下村藩江戸家老の横山外記だった。

「おのれ、陪臣《ばいしん》の分際で恐れ多い真似をしおって……」

一人になった座敷で、悔しげに信義は呻《うめ》く。

甚平《じんぺい》を国許にまで潜入させていながら、探索の詰めが甘かったと言えよう。

外記の勢力はいつの間にか、下村藩主の本家筋で将軍家も気を遣う加賀百万石の前田家に事を頼み、動かせるまでになっていたのだ。

「許せ、十兵衛……」

力なく信義はつぶやく。

目の前には、十兵衛が置いていってくれた菓子の折詰。

むろん、献上品の余りではない。

こたびの機会を与えてくれたお礼として、勝負の結果を知る前に用意してくれたのである。

まことにできた心がけであった。

何も、手ぶらで足を運んできた仁吉が無礼というわけではない。

十兵衛は底抜けに人がいいのである。

それなのに、なぜ天は苦難を与えるのか。

不義者でも何でもないのに、どうして護ってやれないのか。

そう思えば、余計に信義は辛かった。

無言のまま菓子折りを開き、薯蕷まんじゅうに手を伸ばす。

耳たぶを思わせる柔らかさが、指に心地いい。

舌触りも申し分ない。

だが、今の気分では心から楽しめない。

好んで止まぬ甘味も、苦く感じるばかりであった。


そんな信義の苦悩を知らぬまま、十兵衛と仁吉は星空の下を歩いていた。

「あー、いい気分だなぁ」

つぶやく仁吉に屈託は無い。

まさに憑き物が落ちたかの如く、すっきりした面持ちだった。

「大したもんだな、お前さんは……」

十兵衛に告げる口調も、険《けん》が無い。

「上様の歯痛《はいた》のこと、知っていたのかい」

「いや。そこまでは聞き及んでおらぬよ」

「それじゃ、どうして薯蕷まんじゅうなんぞを……」

「実を申さば上様ではなく、和宮様の御為に拵えたのだ」

「天子様の姫君に、まんじゅうを？」

「うむ」

「無茶をしたもんだな。下手をすりゃお手討ちもんだぜ」

「最初は拙者もそう思うた。だが途中から、恐れながら上つ方と恐れ奉らぬほうが良いのではと思うたのだ」

「どういうこったい」

「おぬし、気が塞いだときの甘味といえば何を食べるか」

「そりゃ、あんこにほうじ茶だろう。お前さんの生国の棒茶《ぼうちゃ》なんぞは、甘味によく合うしなぁ。大概の者《もん》は美味いって言うに違いあるめえ」

「そうだろう。宮様も人の子なれば、感じるところは同じはず……故にまんじゅうを選んだのだ。皮を柔らこういたさば、触ったときにも心地よかろうしな。慣れぬ大奥暮らしでお疲れの御身に、少しでも慰めになってくれればと思うて、な」

「成る程なぁ、相手の身になって拵えたってことかい……。こいつぁ俺らの稼業に欠かせない心がけだっけ」

仁吉は深々と息を吸う。

思い切り吐く顔に、過日までの刺々《とげとげ》しさは無い。

「いい学びをさせてもらったぜ、十兵衛さん。俺も明日から仕切り直しだ」

「うむ、共に励むといたそうぞ」

晴れやかに十兵衛は微笑んだ。

因縁の相手と和解し、心の内まですっきりと澄み切っている。

だが、十兵衛は迫る危機をまだ知らない。

遥香の抹殺を狙う、悪しき一味にとって小野十兵衛はあくまで邪魔者。

速やかに始末を付けるため、今にも最強の刺客が差し向けられようとしていた。

第二章　金つば

一

その日、十兵衛は本郷に来ていた。

明るいうちに店を閉め、上野の先まで足を延ばしたのは久しぶりである。

このところ、笑福堂の商いはますます好調。菓子を求める客は朝早くから夕方まで途切れることなく、十兵衛はもとより遥香も店じまいまで立ちっぱなしだった。

連日の過労が祟《たた》り、倒れてしまったのも無理はない。

五日前のことである。

ちょうど来合わせた美織が掛かりつけの瓢斎《ひょうさい》を呼んでくれたため、幸い大事には至らなかったが、十兵衛はいたたまれない。

今日、早じまいをして出かけたのは申し訳なさ故のことだった。

（御前さまに無理をさせてしもうたな……）

長い坂を登りながら、十兵衛は首を振る。

強張った筋が、ごきごきと鳴る。

疲れているのは、こちらも同じ。

倒れるには至らぬまでも、このところ眠りが足りていない。

こうして歩いていても、足が地から浮いているような気がする。

本郷まで来ておいて、今さら参ってはいられない。

すっと背筋を伸ばし、十兵衛は先を急ぐ。

家茂公の婚礼を祝うため、信義を通じて十兵衛が献上した薯蕷まんじゅうと高麗餅は、思わぬ人気を集めていた。

和宮と対立する天璋院の好みまで踏まえて菓子を用意し、虫歯になるほど甘味が好きな将軍ばかりか、大奥で激しく対立する二人に等しく喜ばれたのが噂《うわさ》となったのだ。以前から甘味好きの間では知る人ぞ知る、隠れた名店として認められていただけに、評判が江戸市中に広まるのも早かった。

仁吉が十兵衛と和解したので、以前と違って嫌がらせをされることもない。春の盛りとなったので、近頃は桜餅も良く売れる。

売り上げが増えるのは有難いが、忙しすぎるのは困りもの。散歩を兼ねて新大橋を渡り、浜町の清正公《せいしょうこう》寺にお参りするのも近頃はままならない。

何より悩ましいのは、遥香との約束を果たせずにいたことだった。

国許の両親は息災なのか。

逢えないまでも、元気でいてくれるのかどうかだけでも確かめたい。

思うところは、十兵衛も同じである。

父母と兄たちがどうしているのか、気にかかる。

そこで夜陰に乗じ、藩邸に潜り込もうと決意したのだ。

早いもので、二月も末に至っていた。

陽暦ならば三月の下旬。春の盛りを迎えて日が長くなり、陽気もいいので過ごしやすい。満開になるのを待ちきれず、花見に繰り出す者も少なくなかった。

しかし、油断は禁物である。

暮れ六つ（午後六時）に近付くと夜のとばりが少しずつ、確実に降りてくる。

目の前のことに気を取られ、ハッとしたときは辺り一面が暗くなっていて驚かされるのは、誰にでもありがちなこと。この坂の先に在る、下村藩の上屋敷で護りを固める番士たちも同じはず——そこが十兵衛の付け目だった。

日が沈むのを待ち、闇に紛れて本郷の下村藩邸に入り込む。あわよくば江戸家老の横山外記を締め上げて、この先の暴挙を止めてみせよう。

十兵衛はそこまで決意を固め、藩邸の前まで続く坂道を登っていた。

受けに回ってばかりいては、戦いを制するのは難しい。

これを機に、考えを改めるべきではないか。忍び込む目的はあくまで遥香の家族と自分の家族の安否を知ることだが、可能ならば攻めに転じたい。

遥香が倒れたため、余計にそう思えてきたのだ。

大事には至らなかったのだから良い、というわけではない。

何のために江戸に出てきたのか、真の目的を見失ってはなるまい。

十兵衛が為すべきは、遥香と智音を護ること。

手段を選んではいられなかった。

程なく日が沈み、坂道は闇に包まれた。

月末の夜空に月は無い。

立ち込めた闇の中、十兵衛は夜目《よめ》を利かせて歩を進める。

提灯は最初から用意していない。

これから敵陣へ忍び込む身にとって、提灯は無用の代物。

自ら居場所を敵に知らせ、警戒を誘うのと同じだからだ。

こういうときに役に立つのは、剣術修行の一環として国許で取り組んでいた夜間稽古だ。すべての明かりが消された道場に立って竹刀《しない》を交え、間合いを計って相手を打つのに比べれば、夜の坂道を辿《たど》るぐらいは容易《たやす》かった。

暗闇の向こうに下村藩邸が見えてきた。

構えは堂々たる長屋門。

一万石の小藩とはいえ、さすがは大名屋敷だ。

まだ家中に身を置いていた頃に、十兵衛は滞在したことがある。

勝手知ったる屋敷だけに、番士の配置は承知の上。

まして闇にまぎれていれば、見つかる気がしなかった。

十兵衛は着流しの裾をはしょった。
着物の下に腹掛けを着け、股引《ももひき》を穿《は》いている。
丸腰で、懐に短刀だけ隠し持っていた。
身軽に動けることを優先したのだ。
剣の腕など皆無の江戸家老を脅すのに、大小の二刀は要《い》らない。
塀を乗り越え、ひらりと庭に降り立つ。
母屋を目指して走る足は速かった。
もとより油断はしていない。
そんな十兵衛を阻んだのは江戸に居るはずのない、段違いの手練だった。
「待て、小野」
背後から名指しで呼び止められたのは、母屋を目前にした瞬間。
腹の底までずんと響く、太い声には聞き覚えがあった。
すぐに分かったのは国許の道場で日々立ち合い、腕を磨き合った仲なればこそ。
それにしても、なぜ江戸に居るのか。
「おぬし、野上《のがみ》か……？」

声の主は名乗らぬまま、じりじり間合いを詰めて来る。
間違いなく、かつての剣友であった。
無言になっても、押し寄せる気迫で分かる。
完全に十兵衛の上を行っていた。
かつて一度も勝てなかった相手に、ただただ圧倒されるばかり。
「くっ！」
負けじと短刀を向けた刹那、首筋に手刀が打ち込まれた。
間合いを詰め、寸前で切っ先をかわして浴びせた野上の一撃。
その気になれば、抜き打ちの一刀で仕留められたはずである。
野上にしてみれば、何も刺される危険を冒すことは無かった。
短刀より長く、振るえば遠間まで届く刀を帯びているのだから、抜けばいい。
同門だったと思えばこそ、要らぬ情を出したのか。
情けがあるなら、いっそ見逃してほしかった。
こちらは捕まれば命が無い身なのだ――。
十兵衛の意識は遠《とお》退《の》いていく。

気を失ったのを確かめ、野上は十兵衛を抱え上げる。

身の丈は低かった。

野太い声だけを聞けば巨漢を彷彿《ほうふつ》させるが、せいぜい五尺（約百五十センチメートル）どまりである。

顔立ちこそ男臭いものの、体付きは華奢《きゃしゃ》で線が細い。

それでいて、足の運びは安定していた。

六尺近い十兵衛の体を支え、よろめくどころか悠々と母屋へ向かっている。姿勢が良いので、体の軸をぶらすこともない。

そこに異変を察した番士が駆けてくる。

ひょろりと背が高いのと、小太りの二人組。

いずれも二十歳そこそこの、江戸っ子が浅黄裏《あさぎうら》と呼ぶ江戸勤番の藩士たちだ。

遅ればせながら侵入に気付いた二人組は、強盗提灯《がんどうぢょうちん》を片手に駆けて来る。

「こ、こやつは小野十兵衛……」

「い、いつの間に……」

十兵衛の顔を灯火で照らし、番士たちは口々に驚きの声を上げる。

迂闊な二人組を、野上はじろりと見やる。

「何をしておったのだ、おぬしたち。今少しでお屋敷内まで入り込まれるところであったのだぞ」

口調は十兵衛と対峙《たいじ》したときにも増して重々しく、目つきも鋭い。

「も、申し訳ござらぬ……」

「ご、ご雑作《ぞうさ》をおかけいたした……」

恐縮しながら、番士の一人が告げてくる。

「これより先は我らの役目にござれば、どうかお引き渡しくだされ」

「黙り居れ」

野上は番士を一喝した。

「小野十兵衛に引導を渡すことは、この俺が江戸のご家老より直々に仰せつかりし儀なのだぞ？　忍び込まれて見つけることもできぬ未熟者が、余計な真似をいたすでないわ」

「ははーっ」

二人の番士は揃って一礼した。

同時に、強盗提灯の光が下を向く。

暗がりの中、野上は十兵衛を担いで歩き出す。

精悍な顔に浮かぶのは、憂いの表情。

野上喜平太《きへいた》、二十八歳。

十兵衛と同じ頃に藩の道場に入門し、共に修行に励んだ仲であった。

二

板張りの床はひんやりしていた。

春も盛りを迎えたはずなのに、今宵は冷える。

「う……」

その寒さに、ふと十兵衛は目を覚ました。

両手両足を縛られている。

十兵衛が転がされていたのは、家中で罪を犯した者を閉じ込める仮牢。喜平太の手刀を喰らって失神したまま、囚われの身にされたのだ。

そこに野太い声が聞こえて来た。

「久方ぶりだな、小野」

格子戸の向こうに、喜平太が立っている。

語りかける口調も態度も、先程までと違って柔らかい。

対する十兵衛の声は硬かった。

「……やはりおぬしであったか、野上……」

「分かっておったのか」

「当たり前だ」

ふっと十兵衛は自嘲《じちょう》した。

珍しいことである。

それは遥香も智音も知らない、十兵衛の持つ一面の現れだった。

「おぬしが江戸表に居るのなら、刀を帯びてくるべきであったな」

「俺が相手と分かっておれば、丸腰では参らなんだと申すか」

「当たり前だ。先生から後継ぎと認められたおぬしに、匕首《あいくち》だけで敵《かな》うものか」

嘆息する十兵衛の口調には、いつになく険が含まれていた。

屋敷内に潜入するという、当初の目的を阻まれたせいだけではないらしい。喜平太との間には、何やら因縁があるらしかった。

「何故だ、野上」

十兵衛は続けて問うた。

「おぬし、どうして江戸へ出て参ったのだ」

「決まっておろう。御上よりご上意を承ってのことぞ」

「それはまことか？」

「…………」

「はきと申せぬのは、偽りだからであろう」

答えられない喜平太に、十兵衛は問いかける。

「ご当代の御上……亡き慶三様の弟御は大の武芸好みにして、おぬしが一番のお気に入りであらせられた。御自ら手放されるはずがあるまい」

「……長くは話せぬ。そろそろ参るぞ」

「待て」

十兵衛は鋭く呼び止めた。

「うぬ、江戸家老の番犬に成り下がったか！」

喜平太は答えぬまま去っていく。

代わりに現れたのは、強盗提灯を手にした番士たち。

先程の若い二人組だった。

「大人しゅうせい、小野十兵衛！」

「うぬが悪運も今宵限りぞ、不義者め！」

仮牢の前で番士たちが口々に罵倒したのは十兵衛に出し抜かれ、危うく藩邸内に侵入されるところだったと思えばこそ。

だが、十兵衛も負けてはいない。

「やかましい……」

じろりと見返す態度は、先程の喜平太に劣らぬものだった。

「若造どもに不義者呼ばわりされる覚えはないわ。黙り居れ」

「ううっ……」

告げる口調も迫力十分。

「こ、こやつ……」

二人の番士はたちまち震え上がる。

口ほどにもない連中だった。

とはいえ、囚われの身よりも立場は上である。

現に、今の十兵衛は何もできぬのだ。

番士たちは早々に調子を取り戻した。

「はははは、せいぜい今のうちにほざいておくがいい」

気を取り直した一人の番士が、十兵衛を嘲笑《ちょうしょう》した。

「朋輩《ほうばい》に引導を渡されるとは、うぬも気の毒な奴だのう」

「何を訳の分からぬことを言うておる」

「知らぬと申さば教えてやろう」

もう一人の番士が言い添えた。

「うぬが先程ほざいておった通りぞ。野上様は江戸のご家老に呼び出され、お国許より出て参られたのだ」

「それがどうした。横山外記が用心棒にするために呼んだのであろう」

「ははは、的外れなことを申すでない」

「こやつは不義者に非《あら》ず、愚か者であったらしいな」

番士たちは苦笑した。

「野上様がご家老より仰せつかられし儀は、うぬを討つことぞ。出会い頭に斬って捨てなんだのは、楽しみを先に取っておこうというご所存なのだろう」

「左様、左様。お国許随一の遣い手なれば、こやつ如きに後れを取る恐れなど万が一にも有り得ぬからなぁ」

「野上……」

つぶやく十兵衛はやるせない。

喜平太は最初から十兵衛を斬るために、遠い江戸まで来ていたのだ。

今宵ぶつかり合わなくても、いずれ命を狙われるところだったのだ。

かつての友を信じたい。

怒りながらも捨てきれずにいた一抹の友情も、今や失せてしまっていた。

とても大人しくしてはいられない。

「おのれ、おのれー！」

十兵衛は暴れた。

どうにも怒りが抑えきれない。

両手両足を縛った縄を引きちぎろうと、懸命になっていた。

そんな有り様を、番士たちは指さして笑い出す。

「はははは、情けないのう」

「まったくだ。あれでご先代の御上に気に入られたとは解《げ》せぬ限りぞ」

言いたい奴には言わせておけばいい。

それぐらいは十兵衛も分かっていた。

思わず我を忘れるほど動揺したのは、喜平太が実は討手《うって》だったこと。

若い番士たちが明かした通り、命じたのは横山外記に違いない。

同じ道場で剣を学んだ朋輩に刺客をさせるとは、残酷な話。

まして喜平太は、少年の頃から十兵衛よりも腕が立つ。

手の内も分かっているとはいえ、相討ちになるかもしれないと思えば、大の武芸好みの藩主が好んで討手など命じるはずがないだろう。

当代の藩主である前田正良《まさよし》――十兵衛が敬愛した前田慶三の末弟は、亡き兄とは違って菓子に微塵も興味を示さぬ半面、剣の修行には熱心に取り組んでいて、向上心も強かった。

いつもお見事でござると世辞しか言わぬ剣術指南役を当てにせず、喜平太にしばしば稽古相手を命じていたものである。

喜平太を大事にしていたのは、若い藩主だけではない。

師匠に当たる藩の道場主も後を継がせたいと望み、実際そのとおりにした。

そして十兵衛は、喜平太に昔から嫉妬せずにはいられなかった。

菓子を作ることだけでなく、剣の修行にも熱中する身だったからである。

慶三が存命だった頃には、所望されるがままに菓子さえ作っていられれば十分であった。我《わ》が儘《まま》だが茶目っ気もある、愛すべき主君のために粉を練り、あんを炊くのが何より幸せだった。

そんな日常が変わったのは、慶三が不慮の死を遂げた後のこと。

新たな藩主となった正良には、何を拵えても気に入ってはもらえなかった。

菓子そのものに興味が無い上、十兵衛に不審の念を覚えてもいたのだろう。

無理もあるまい。

五年前、慶三は常の如く十兵衛に作らせた、嘉祥の菓子を口にしたとたんに悶《もだ》え苦しみ、瞬く間に動かなくなってしまった。

毒を盛ったと見なされた遥香が十兵衛と幼馴染みなのも、正良から不信を買った一因と言えよう。

もしや、毒殺に加担したのではないか。

たとえ甘味好きであったとしても、そんな考えに至っては好意など抱けまい。

まして正良は、最初から菓子になど微塵も興味が無かった。

なまじ腕が立つのも、敬遠された理由のひとつだった。

十兵衛は藩の道場で稽古に励む一方、旅の兵法者《へいほう》から肥後《ひご》流を学んでいた。

もとより武芸好みが高じてのことだったが、外様大名の細川《ほそかわ》家に伝来する技を勝手に修行して会得するとは、正良としては面白くない。藩主である前に同じ武芸好みとして、自分の知らない流派の技に臣下の者が通じているのが、不快であったらしい。

自ずと十兵衛が遠ざけられ、慶三付きの小姓の一人で藩の道場では敵なしの剣の名手であった喜平太が重用され始めたのも、止むを得ぬ次第だったと言えよう。

分かっていても、口惜しい。

十兵衛とて武士であり、男である。

武芸好みの正良に嫌われ、遠ざけられたのはやるせない。

比べられた相手が無二の友で、自分より強かったとしても——。

(野上……)

十兵衛は暴れるのを止めた。

縄が手首に食い込み、血がにじんでいる。

自ら体を痛め、戦えなくなっては元も子もない。

そう考えることで、辛うじて思いとどまったのだ。

「おやおや、諦めたらしいの」

「痴《し》れ者め。野上様に引導を渡していただくまで大人しゅうしておれ」

ぐったりしたのを嘲《あざけ》ると、番士たちは牢の前から離れていく。

十兵衛を尻目に角を曲がり、廊下に出る。

と、出会い頭に重たい一撃。

「わっ!」

「ぐえっ」

訳が分からぬまま吹っ飛ばされ、だらしなく伸びてしまう。

拳を振るったのは喜平太。

（小野……）

喜平太はやるせなく溜め息を吐く。

十兵衛の有り様を一部始終、隠れて見聞きしていたのだった。

三

まんじりともできぬまま、朝が来た。

牢から引きずり出された十兵衛も、立ち会う喜平太も目が赤い。

そんな二人を、横山外記は脇息にもたれかかったままで交互に見やる。

「ふっ、さすがは同門で鎬《しのぎ》を削り合《お》うた仲と言うべきか。そのほうら、よほど気が合うておるらしいのう。ほっほっほっ……」

外記は上等の絹物をさらりとまとい、悠然と上座に着いていた。

恰幅《かっぷく》が良く、身なりもいい。

さすがは藩邸を牛耳る、江戸家老である。

「成る程、そのほうが小野の末っ子か……」

つくづくと十兵衛の童顔を眺め、外記は肉付きのいい頰をほころばせた。

「愛《う》い顔をしておるくせに、肝《きも》の太い奴だのう。よくぞ今日まで、この儂《わし》に逆らい続けたものよ。まずは褒めて取らそう。ほっほっほっ」

癇《かん》に障る笑い声だった。

「………」

対する十兵衛は無言のまま、昂然と顔を上げていた。

つぶらな瞳が怒りに燃えている。

相手が慶三を暗殺させ、その罪を遥香になすりつけた黒幕となれば当然至極。

もとより、敬意など微塵も抱いていない。

「何をしておるか、うぬっ」

慌てたのは、十兵衛を連行してきた番士たちだった。

「ご家老様の御前であるぞ、控えよ！……」

「無礼者め！　ず、頭が高いぞっ……」

押さえ込もうとする、二人の番士は青息吐息。

その顔には、ゆうべ殴られた痣《あざ》が残っている。

まさか喜平太にやられたとは思いもせず、懸命になっていた。

愚かな番士たちを寄せ付けず、十兵衛は外記を睨み続ける。

背筋の張りは強く、二人がかりでもまったく動かせない。

「うぬっ……」

「お、おのれ……」

口ぶりだけは勇ましいが、まるで手に負えない。

そこに喜平太が進み出た。

「退いておれ」

ひ弱な番士たちを一声で下がらせ、ぐいと背中を押す。

「く！」

耐えきれず、十兵衛は畳の上に這《は》いつくばった。

「ほっほっほっ、肥後流の手練も、やはり野上には敵わぬらしいの……」

可笑《おか》しそうにうそぶきながら、外記は分厚い手のひらを振る。

「もう良い、楽な格好にさせてやれ」

「は」

言葉少なに答えると、喜平太は動けぬ十兵衛を抱き起こした。

座り直すのを待って、外記は肘を突いていた脇息をゆるゆると外す。

悪党なりに、十兵衛に礼を尽くすつもりらしい。

「それにしても良き度胸じゃ。さすがはあの天璋院様を喜ばせただけのことはある
……どうじゃ小野、取り引きをいたさぬか？」

「…………」

十兵衛は怪訝《けげん》そうに外記を見返す。

この男、如何なる所存なのか——。

「心配いたすでない。何も取って食いはせぬ」

そんな反応を楽しむように、外記は微笑みながら言葉を続けた。

「儂の意に従うならば、御国御前の命は取らぬ。智音さまも見逃そうぞ」

「……まことか」

「そのほうの腕を見込んでのことじゃ。ま、聞くがよい」

外記は余裕たっぷりに語り出した。

「頼みと申すのは他でもない。今一度、将軍家に献上つかまつる菓子を作れ」

「…………」

「よいか、これはそのほうのためにもなる話ぞ」

「されど、岩井のご隠居に一言お断りせぬわけには……」

「ふん、何も知らぬのか」

外記は失笑した。

「あの忌々しい隠居とは疾《と》うに話が付いておる。ただの甘味好きのじじいと思うて軽く見ておったが、儂の目を盗んで間者をお国許に差し向けたり、いろいろと好き勝手やってくれた故な、しかと釘を刺しておいた」

「何と……」

「岩井のじじいめ、そのほうに恥を曝《さら》すわけにも参らず、何も明かさなんだらしいのう……ま、加賀のご本家にも覚え目出度き儂がその気になれば、大久保彦左衛門《おおくぼひこざえもん》の再来と謳《うた》われし将軍家のご意見番とて、敵ではないということじゃ。女子どもの命が惜しくば大人しゅう従え、小野」

外記の態度は自信たっぷり。

対する十兵衛に、もはや抗する術《すべ》は無い。

知らぬ間に、外記は強大な権力を手に入れていたのである。

下村藩の主筋に当たる、加賀百万石とつながっているとなれば、強気でいられるのも当たり前。

信義といえども、引き下がるより他になかったのだ。

「命あっての物種ぞ、小野……」

外記は十兵衛に歩み寄り、ずいと顔を覗き込んだ。

「芸は身を助くと申すであろう。そのほうの腕を儂は買《こ》うておる。さもなくば早々に野上を差し向け、女子どもと仲良う血祭りに上げさせておるところぞ」

肉付きのいい頬を緩めていても、外記の目は笑っていない。

「承知だな、小野？」

「…………」

無言のまま、十兵衛は小さくうなずく。

「よしよし、愛い奴じゃ」

にやりと笑い、外記は続けて言った。

「品は京菓子にせい。品よく可愛らしゅう、そのほうの腕を存分に振るうて形作るのじゃ」

「それはまた、何故にござるか」

「決まっておろう。こたびは和宮様に花を持たせるのよ」

外記は当然の如く告げてきた。

「そのほうは先だっての高麗餅で、首尾よう天璋院様の機嫌を取った。そのことは褒めて取らすが、媚《こび》は売るにもさじ加減が肝要じゃ。次は和宮様のお好みに合わせ奉り、お慶《よろこ》びいただくがよかろう」

「…………」

「しかと心得るのだぞ。されば野上、連れて行け」

「ははっ」

すかさず喜平太が進み出る。

連行されていく十兵衛を、外記はにやつきながら見送った。

遥香と智音を見逃す条件として新たな菓子を作ることを要求したのは、己の立場を更に揺るぎないものとするためだった。

去る二月十一日の婚礼に際し、信義の手によって江戸城中に届けられた菓子が将軍と和宮ばかりか、大奥を牛耳る天璋院にまで気に入られ、早く新作が食べたいと所望されていると聞き付けた上のことである。

遥香の口封じをさんざん邪魔してきた小野家の末っ子に、思わぬ値打ちがあると外記は知ったのだ。

作り手は実は下村藩士だったと明らかにし、今度は信義を通すことなく献上して将軍家のお褒めに与れば、手柄はすべて自分のものとなる。

下村藩のためではなく、あくまで己の欲を満たすのが目的であった。

「ふふふ、楽しみだのう……」

誰も居なくなった座敷で、外記は独りほくそ笑む。

今や時代は動いている。

長く続いた太平の世が揺らぎ、戦国の昔の如く、下剋上することが許される乱世が再び訪れたのだ。

されど、外記も主家を乗っ取ろうとまでは考えていない。

日の本が開国を余儀なくされ、尊王攘夷の吹き荒れる中で徐々に乱世の様相を呈してきたとはいえ、まだ徳川《とくがわ》の天下そのものが終わったわけではないからだ。

上下の分は、きちんと守らねばなるまい。

逆に言えば、表向きだけ殊勝に振る舞っていればいいのである。

外記は、江戸家老以上の地位を望んでいない。

もはや、出世は十分に果たした。

後は思いきり散財し、生涯面白おかしく暮らせるだけの金さえあればいい。

海外の商人たちが日の本に入り込み、さまざまな物品を買い漁っている今は格好の儲けどき。

しかも若い藩主の正良は天下の動静に興味が無く、幕閣となって出世をすることしか考えていないので、実に操りやすい。

将軍家に取り入って適当な役職に就けてやれば、正良は外記を一層信頼し、これまで以上の権力を外記に与えてくれることだろう。

そうなれば加賀の絹織物や焼物を横流しして、思いのままに儲けられる。

十兵衛が横浜の商会とつながりを持っていることまで、すでに外記は調べを付けさせていた。

　小野家の末っ子には、いろいろと値打ちがある。遥香と智音を餌にして、余さず利用せねばなるまい。

「さてさて、如何な逸品が仕上がって参るやら……ふふっ、楽しみだのう」

　期待に胸をふくらませ、外記は縁側に目を向けた。

　空は爽やかに晴れ渡って雲ひとつ無く、そよ風が心地いい。

「ほっほっほっ、良き日和じゃ」

　己の行く手も、順風満帆。

　外記はそう確信して止まなかった。

　むろん、思い込みだけで物事は上手くいかない。

　常に機を逸することなく、しかるべく手を打つ心がけが欠かせぬものだ。

　手を伸ばしてつかんだのは、いつも使っている呼び鈴。

　鳴らしたのは、別室に控えさせていた者たちを呼ぶためだった。

　ここは下村藩邸の庭内に設けられた、離れの一室。

　大名屋敷に詰める藩士の住まいは、母屋とは別棟になっている。

末端の下士《かし》たちは門に連なって設けられた御長屋で寝起きし、それなりの地位が有る中士《ちゅうし》や上士《じょうし》には、独立した家が与えられるのが常だった。

大名とはいえ一万石では庭の広さに限りもあるが、江戸家老の住まいともなれば部屋数もそれなりに多い。

呼び鈴を鳴らすや、すぐに足音が聞こえてきた。

頭数は五人。

全員が脇差を帯び、鞘ぐるみの刀を提げていた。

袴も穿いているので士分と分かるが、着衣は粗末な木綿物。

五人とも部屋には入らず、縁側に並んで座る。

外記は男たちを招じ入れようともしなかった。

肘も脇息に突いたままで、五人を順繰りに眺めやる。

十兵衛と接したときにも増して、値踏みするかのような視線だった。

「そのほうら、些《いささ》か用向きは変わったが構わぬな」

「ははっ。何事もご家老の御意《ぎょい》に添わせていただきまする」

年嵩《としかさ》の男が、一同を代表して言上《ごんじょう》する。

この五人は喜平太とは別に、外記が国許から呼び寄せておいた足軽たち。同じ士分であっても藩士より格下のため、何かと遠慮の多い立場である。たとえ武芸に秀でていても、なかなか出世にはつながらない。

そこに外記は目を付け、万が一にも喜平太が返り討ちにされた場合に備えて出府させたのだ。

しかし、今や状況は変わった。

国許を出立した彼らが江戸に着くまでの間に、十兵衛は将軍家に献上した菓子で思わぬ評判を取ったのだ。

となれば、亡き者にするのはもったいない。

今一度お褒めに与れる菓子を作らせて、利用すべしと外記は判じた。

あくまで逆らい通したときは是非も無く、あのまま喜平太か、さもなくば五人の足軽に討たせるところだったが、結果として十兵衛は折れたので問題ない。

だが今一つ、片付けなくてはならないことが残っていた。

「してご家老、我らは何《ま》をいたせばよろしゅうございまするか」

「小野十兵衛が居らぬ間に、女と子どもを始末せい」

「御意」

五人の足軽は、声を揃えて即答する。

もとより出世のためならば、何でもする気なのである。

野心を持つのは良いが、武士としては最低と言わざるを得まい。

むろん、最も悪いのは外記である。

だが、今の下村藩邸は名実共に外記の天下。

若い藩主の前田正良は、何ひとつ実態を知らずにいた。

幕府の人質として藩邸の奥で暮らす、正室と腰元も同様である。

かつて遥香に仕えた者が一人でも中にいれば、少しは事情も違っただろう。

されど、横山外記に抜かりはない。

お膳立てをした上で正良に添わせた加賀前田家の姫君も、身の回りの世話をする腰元たちも、みんな家中に加わったのは慶三が急逝した後のこと。

遥香については恐るべき悪女としか聞かされておらず、江戸に居るのが分かって外記が刺客を差し向けるべく算段を付けているらしいとの噂を耳にしても、一人として同情などしていなかった。

新たに刺客の役目を命じられた足軽たちも、真相はまったく知らない。出世の欲を満たすことだけで頭が一杯になり、思うがままに操られていた。

「そのほうら、必ずや今宵のうちに片を付けるのだぞ」

「心得ました、ご家老」

「行け」

「はっ」

五人の足軽は一礼して立ち去った。

部屋に戻って支度を調え、向かう先は深川元町。

江戸の地理は、あらかじめ外記が与えた切絵図で調べ済み。

明日になれば月が変わり、夜の空にも光が射す。

その前に、夜陰に乗じて母娘を亡き者にさせるのが外記の狙い。

十兵衛には献上菓子を作らせ、横浜の居留地で幅を利かせているという女商人と渡りを付けさせた後、速やかに喜平太に斬らせて口を封じる所存だった。

甘味如きで将軍家の歓心を買うのは、一度だけでいい。

大の大人が賄賂に甘味を用いるなど、外記から見れば馬鹿げたこと。

菓子などは、本当はどうでもいいのである。

後は言葉巧みに取り入って、金をばらまけば済む話だ。

となれば、いつまでも十兵衛を生かしておくには及ばない。

菓子を作らせるのも横浜の商会への周旋も、遥香と智音が無事であると偽った上で外記は承知させるつもりだった。

二人が始末されたと知れば、十兵衛は復讐の鬼と化すに違いない。

気付く前に利用し尽くし、速やかに引導を渡すのだ。

喜平太には、あらかじめ因果を含めてある。当初は見張り役まで命じるつもりはなかったが、若い番士たちでは手に余る以上、すべて任せたほうが確実だろう。

「さて、これで抜かりはあるまいぞ……」

満足そうにつぶやきつつ、外記は文机《ふづくえ》の前に座る。

筆を取って書き始めたのは、十兵衛の菓子に添えるつもりの一文。

美辞麗句を並べ立て、将軍家の歓心を買う準備に余念がなかった。

かくして十兵衛は外記の企みを知らぬまま、菓子を拵える運びとなった。

できることなら、やりたくなかった。

再び信義に託すのであれば話も違うが、悪党の手先を務めるなど、真っ平御免なことである。

四

しかし、逃げ出そうにも隙が無い。

台所に押し込められた十兵衛を、喜平太は片時も離れずに見張っていた。

飯を食うのも厠に立つのも、すべて十兵衛に合わせている。

完璧な監視ぶりであった。

立つ瀬が無いのは、当初の監視役だった二人の番士。

「あのー、野上様」

「見張りならば我らが代わりまする故、しばしお休みになられませ」

揉み手をしながら呼びかけられても、喜平太は相手にしなかった。

「成井《なるい》と西田《にしだ》か……おぬしたちに用は無い。下がり居れ」

「それでは我らの立場がございませぬ！」

「せ、せめてお手伝いをさせてくだされ」

瘦せぎすの成井と小太りの西田が、交互に泣きつく。

それでも喜平太は相手にしない。

もはや一言も返すことなく、十兵衛に視線を向けるのみ。

「おのれ、小姓あがりが調子に乗りおって……」

「剣の手練が何ほどのものだ、これからは大筒《おおづつ》小筒《こづつ》がものを言う世ぞ……」

諦めた二人組がぶつくさ言いながら引き上げるのも、一顧だにしなかった。

と、十兵衛が背中越しに告げて来る。

「よいのか、放っておいて」

「言わせておくさ。力無き者ほど口さがないのは世の常よ」

「変わらぬな、おぬし……」

あんを炊きながら、十兵衛はふっと微笑んだ。

足軽の小倅《こせがれ》でありながら、喜平太には卑屈なところがまったく無い。

それでいて十兵衛ら同門の仲間たちが理不尽な目に遭うのは見逃せず、他の道場の門下生たちから喧嘩を売られれば真っ先に立ち向かい、いつも先手必勝でガツンと一撃喰らわせてくれたものだった。

「それはそうと、ひとつだけ礼を申すぞ」

「何のことだ」

「あやつら二人の顔に痣をこさえたのは、おぬしであろう」

「さて、知らぬな」

飄々《ひょうひょう》ととぼける辺りも、喜平太は昔とまったく変わっていない。

それでいて、強さは確実に増していた。

国許でも勝てない相手だったのに、今や太刀打ちできそうにはなかった。

とにかく今は、菓子を作るのに専念するのみ。

そんな十兵衛を前にして、喜平太は興味をそそられていた。

初めて目の当たりにした、あんを練る手付きは滑らかそのもの。

道場でぶつかり合うことしかなかった喜平太には、新鮮な眺めであった。

我知らず、笑みが浮かぶのも心地いい。

と、喜平太の顔がふっと曇る。

「……いかん、いかんぞ」

十兵衛から視線を逸《そ》らし、小声で自らを叱り付ける。

仰せつかった役目は、全うしなくてはならない。

十兵衛を亡き者にするのが、喜平太に課せられた使命である。

同門で一番仲の良かった友を、できることなら斬りたくない。

しかし、遥香と智音を連れて逃げたのは勘弁しかねる。

まだ慶三が生きていた頃、喜平太は小姓として側近くに仕える身だった。

足軽から異例の抜擢《ばってき》をされたのは、武芸の腕を見込まれればこそ。

蔑《さげす》む者もいる中で、着々と出世を重ねてきた。今の藩主である前田正良の覚えも目出度く、齢を経れば剣術師範に登用されるのも夢ではあるまい。

すべては最初に見出してくれた、亡き慶三のおかげであった。

故に十兵衛を友と思う半面、疑わしくも感じているのである。

遥香に懸想して示し合わせ、慶三を毒殺した上で手を取り合って脱藩し、江戸で夫婦同然の仲になっていたのであれば、かつての親友といえども許せない。

見張る視線に険しさが戻ったのも、そんな疑いを拭い去れないが故のこと。

かつての友を信じたい。

だが、状況はいかにも疑わしい。

十兵衛と遥香は、隣同士で幼馴染み。

同じ屋根の下で一年以上も共に暮らして、未だに何もないとは考えがたい。

辛くても、ここは疑わざるを得まい。

そんな喜平太の葛藤をよそに、十兵衛は菓子を作り上げた。

「これは……」

「覚えておったのか、おぬし」

「当たり前だ。あの遠乗りの折に考え付いた、あれではないか」

表面を固めた米粉も艶やかな、四角い菓子を手にして喜平太は微笑んだ。

「どうだ、ひとつ」

「構わぬのか？」

戸惑いながらも、喜平太は一口かじる。

濃厚な小豆あんの味が、口の中一杯に広がっていく。

「懐かしいな……」

思い出の舞台は五年前。

同じ年の六月に慶三が急逝するより、少し前の出来事だった。


その日、十兵衛と喜平太は例によって遠乗りの供をしていた。

とはいえ師範の指導の下で慶三が毎日取り組む、馬術の調練に二人して付き合わされたわけではない。

丈夫な駿馬《しゅんめ》を三頭、こっそり借りてきたのは十兵衛。御陣屋の人々の目を盗んで慶三を外に連れ出すのは、小姓の喜平太の役目であった。

仮にも一国の大名が、供が二人だけで遠出をするなど言語道断である。

だが、慶三にとっては何事も日常茶飯事。

付き合わされる十兵衛と喜平太も、慣れて久しいことだった。

「どう、どうー!」

慶三は何事も無く地面に降り立ち、心地よさげに伸びをした。

十兵衛と喜平太も後に続く。

三人は山間《やまあい》の地に来ていた。

下村藩領は能登半島に在るものの、海からは離れている。

逆に言えば、高台から見下ろす海原は最高ということだ。

「あー、良き眺めじゃ」

慶三は心地よさげに伸びをした。吹き抜ける風も芳しい。

「それにしても腹が空いたな。十兵衛、屯食《とんじき》を持て」

「ははっ」

十兵衛は持参の小行李《こごうり》を差し出した。

ふだんは慶三の側近くで菓子ばかり作っているが、遠乗りをするときは必ず弁当も任される。

その日の献立は、変わりおにぎりだった。

「これは何じゃ？」

「手まりむすびにございます」

「そうか、そうか。余は菓子かと思うたぞ」

慶三は明るく笑って、ひとつ取る。

丸々したおにぎりの中には梅干しや醬油を絡めた削り節、塩鮭が入っていた。

見た目は可愛くしながらも、味はしっかりしたものだった。

「うむ……うむ……良き塩梅じゃ」

慶三は丸いおにぎりをぱくつく。

「あー、美味かった。実に美味であったわ」

満足そうにげっぷを漏らすのも、気の置けぬ二人しか連れていなければこそ。

無邪気な主君の振る舞いを、十兵衛と喜平太は笑顔で見守っていた。

と、慶三が思わぬことを言い出した。

「存じておるか十兵衛、水戸の光圀《みつくに》公は塩鮭の皮をこよなく好まれたそうだ」

「まことですか？」

「あの脂の旨みがお好きであらせられたのだろう。分からぬでもない」

おにぎりの具から出た話を、慶三は嬉々として語った。

「光圀公は塩鮭の皮だけを食されたい、願わくばこーんな大きな鮭が居ればいいと仰せになられたそうだ。大物ならば皮も分厚いからな」

「御上、それでは鱶《ふか》でございますぞ」

「ははは、ちと大きすぎたかのう」

気分を害することなく、両腕を一杯に拡げた格好のまま慶三は笑う。

続いて口にしたのも、無邪気な主君らしい願いであった。

「鮭もいいが余は断然、あんこだな」

「あんこ？」

「小豆を炊いて練り上げた、甘いあんこよ」

「成る程……御上の大好物はどら焼きにございますからな」

「うむ。どら焼きもいいが、日持ちがせぬし崩れやすいのが玉に瑕《きず》だ。それに皮が厚い故、大福の如く詰め込ませるわけにも参らぬ。さりとて大福では柔らかすぎて余の好みに合わぬ……何かこう、固くてあんこがぎっしりの一品が食べたいのう」

と、慶三は十兵衛に視線を向けた。

「どうだ十兵衛、できるか」

「心得ました」

そのとき、十兵衛は胸を張って答えたものである。

「次の遠乗りを楽しみにしてくだされ、御上」

かくして若き日の十兵衛が作り上げたのが、つぶあんを小麦粉を薄く溶いた皮で包み、胡麻油をひいた鍋でかりっと焼いた金つばだったのである。

「もう五年か……早いものだな」

熱々の金つばが盛られた皿を前にして、喜平太は厳かに合掌する。

十兵衛も黙って後に続く。

亡き慶三を悼む態度は、共に真摯そのものだった。

五

その頃、深川元町の笑福堂には危機が迫りつつあった。

夜道を駆ける足軽たちは、頬被りで面体を隠している。

女子どもを斬ることを、まったく迷っていない。

手練の十兵衛と戦うことにならずに済んで、むしろ安堵していた。

それでも、年嵩の足軽は油断をせずにいる。

「皆、抜かるでないぞ。まずは子どもから斬るのだ。逃げ足が速い故な……」

残酷なことをさらりと口にしながら向かった先は、路地裏へ抜ける木戸。

長屋が立ち並ぶ路地は、笑福堂の勝手口とつながっている。

まずは裏から入り込んで店に侵入し、二階へと駆け上がる算段だった。

遥香と智音がいつも二階で寝起きするのは、これまでに仕損じた刺客たちも調べ済みだった。

足弱の女子どもが屋根伝いに逃げることなど、無理な相談。

行く手を阻む十兵衛さえいなければ、袋の鼠にできるのだ。

「行くぞ」

真っ先に木戸を乗り越えるべく、年嵩の足軽が手を伸ばす。

と、上から何者かが飛び降りてきた。

「ろ、狼藉者《ろうぜきもの》っ……」

踏み潰された足軽が、苦悶の声を上げて失神する。

悪の尖兵《せんぺい》を踏み付けながら進み出たのは、五尺そこその小柄な男。

それでいて、発する声は重々しい。

「狼藉者はうぬらであろう。肥後タイ捨《しゃ》流、受けてみるか」

怪鳥の如く飛翔して、刺客どもの機先を制したのは石田《いしだ》甚平。まだ病み上がりの遥香を案じ、用心のために信義が差し向けてくれていたのである。

「邪魔立てするか、うぬ！」

「余計な真似をしおって！」

二人の足軽が甚平に立ち向かうのをよそに、残る二人は機敏に動いた。

身軽に木戸を乗り越え、路地に降り立つ。

だが、そこには今一人の用心棒が控えていた。寝間着姿で刀を引っ提げ、洗い髪を夜風になびかせている。

「うぬ、女かっ⁉」

「じゃじゃ馬め、引っ込みおれ！」

一瞬呆気《あっけ》に取られながらも、足軽たちは口々に威嚇《いかく》する。

その夜の美織は男装を解き、遥香の寝間着を借りていた。

泊まってくれると喜んだ智音にせがまれ、やむなく着替えたのである。

袴を穿かずにいると落ち着かないが、火急の折となれば止むを得まい。

幸か不幸か、敵は女と見たとたんに侮《あなど》っていた。

「どれ、ちょいと柔肌《やわはだ》を拝んでやるか」

「ははは、それはいい」

不用心に間合いを詰めてくる二人を、美織は無言で見返した。

鞘ぐるみの一刀を、腰の高さに取る。

刹那、横一文字の抜き打ちが一人目の胴を薙《な》ぐ。

「おのれ！」

血煙を上げて倒れ込んだ朋輩に動揺しながら、二人目が斬りかかった。

動じることなく、美織は斬撃《ざんげき》を受け止める。

次の瞬間、サッと刀身が斜めに傾ぐ。

「うわっ」

支えを失い、つんのめったのが命取り。

引き斬りにした相手の最期を静かに見届け、美織は血を振るった刀をゆっくりと
鞘に納めていく。

木戸の向こうでは、甚平が二人を仕留めていた。

残るは出会い頭に一蹴された、年嵩の足軽のみ。

「こやつが頭目らしゅうござるな」

路地から出てきた美織は、言葉少なにうなずき返す。

「左様か……」

「ちと退《の》いてくれ、石田どの」

「何といたすか。無茶はならぬぞ」

「大事ない。少々話を聞かせてもらうだけだ……」

戸惑う甚平をよそに、美織は気を失った足軽に活を入れる。

蘇生させて早々に突きつけたのは、馬針《ばしん》だった。

「そなた、下村藩江戸家老の手の者であろう」

「ち、違う……」

おびえながらも足軽は異を唱えた。

と、覆面から覗いた両目が見開かれる。

美織が左の手のひらを貫いたのだ。

「これで軸手《じくて》はしばらく使えぬ……向後も外道に合力いたすのなら、いっそ刀など捨ててしまえ」

「…………」

足軽の目に恐怖が拡がる。

刀の鞘には櫃《ひつ》と称する溝が掘られ、通常は小柄《こづか》を納めておくが、心得のある武士は手裏剣の代用としても使える馬針を携帯する。

美織が手にした馬針は、尖端が鋭く研ぎ上げられていた。

それでいて、ずしりと重い。

「次は右手だ……」

「よ、止せ」

「ならば申せ。小野十兵衛どのは何処に居る？」

「な、何のことだ」

「昨夕に本郷へ向かわれたきり、行方が分からぬのだ」

「し、知らぬ。何も知らぬ！」

「まことか？」

「…………」

「そうか、右手も要らぬと申すのだな」

と、美織は馬針を振りかざす。

先程よりも、位置が高い。

「ま、待てっ！　小野の身柄はご家老の掌中に在《あ》る！　まだ無事じゃ！」

堪《たま》らずに足軽が悲鳴を上げた。

美織は眉ひとつ動かさずに続けて問う。

「そなた、我らを案内《あない》いたすか」

「こ、心得た」

「ならば、手当てをしてつかわそう」

淡々と言い渡して、美織は馬針を納めた。

「着替えて参る。こやつを頼むぞ、石田どの」

「承知つかまつった」

答えるや甚平はすかさず足軽に歩み寄った。

「しっかりせい」

ぐったりしたのを抱え起こしながら、太い息を漏らす。

すでに美織の姿は無い。

悪党顔負けのやり方で口を割らせ、速やかに敵地へ乗り込もうとしている。

いつの間に、ここまで気丈になったのか。

（夜叉《やしゃ》姫の異名、もはや伊達ではないのう……）

甚平は胸の内でつぶやかずにはいられない。

この足軽、剣の腕はそれなりに立つ。

そう見込めばこそ甚平は機先を制して飛びかかり、刀を抜く前に倒したのだ。

だが、今や美織も負けてはいなかった。

いつも嬉々として十兵衛の菓子を頬張り、智音と仲良く遊んでいるのを見慣れていただけに、甚平は驚かずにいられない。

剣の腕そのものは、修行の長い甚平が上を行っている。

そんな甚平が瞠目《どうもく》させられるほど、美織は腹が据わってきた。

この一年ほど、以前にも増して男たち顔負けの稽古に励んでいたことは、甚平もあるじの信義から折に触れて聞かされていた。

そこまで一心に修行に打ち込む理由が、今こそ分かった気がする。

美織は、かねてより十兵衛に切なる想いを寄せていた。故に護れる強さを得ようと励み、今は助けるために一心不乱となっているのだ——。

取り急ぎ足軽の傷の手当てを済ませた頃、美織が戻ってきた。

「長屋の衆に見張りを頼んで参った。怪しい者が現れたら騒いでくれと申し付けてある故、今宵のところは大事あるまいよ」

「それは何よりにござった」

「我らは本郷へ向かうとしよう。すまぬがそやつをおぶってくれ」

「承知つかまつった」

「されば、参るぞ」

告げると同時に、美織は先に立って駆け出した。

慌てて甚平は後を追う。

もとより健脚の持ち主だけに、男ひとり背負っていても大事はない。

美織の胸の内は、今となってはよく分かる。

十兵衛を取り戻すためならば、何をするのも厭《いと》うまい。

いつもの笑顔の裏に隠された激情を、垣間見た心境の甚平であった。

六

かくして出来上がった金つばは十兵衛と喜平太にとって無二の主君である、亡き慶三との思い出の品であった。

何も、感傷の赴くままに拵えたわけではない。

十兵衛の炊いたあんを用いた菓子を気に入ってくれた、将軍家の人々ならば好みに合うと判じたのだ。

あんがぎっしりの菓子はいい。

それも小豆のつぶあんは歯ごたえがあり、金つばにすると食べでがある。

甘味を愛する者ならば誰もが皆、しみじみと味わった上で頬をほころばせずにはいられぬはず。

しかし、完成品を前にした外記の反応は芳しくない。

改めて十兵衛が焼き上げた金つばは、見るからに美味そうである。ぱりっとした皮の上から、早くかぶりつきたいと思わずにいられない。

にも拘わらず、外記はにこりともせずにいた。

「これは何じゃ、小野……」

「金つばにござる」

「そんなことは見れば分かるわ、阿呆《あほう》め」

外記は唾を飛ばして罵った。

「こんなもの、ただのあんこの固まりではないか！　品も糞も無かろうぞ！」

「………」

十兵衛は押し黙った。

むろん、腹は煮えくり返っている。

だが、ここで激しても何にもならない。

遥香と智音の生死は、外記の手に握られている。

一言でも反抗し、怒りを買えば無事では済むまい。

いずれにせよ、取り引きは反故《ほご》にされそうだった。

命じられるがままに菓子を拵えていれば、利用される値打ちも有ったはず。

しかし、十兵衛は外記に逆らった。

京菓子を作れという的外れな提案に従わず、薯蕷まんじゅうに続いて自分の炊いたあんを家茂公と和宮に、そして天璋院にも存分に味わってもらいたいと願えばこそ、十兵衛は金つばを選んだのである。

それに、金つばは亡き主君との思い出の証《あか》し。

もしも外記に少しでも誠意があれば、慶三はあんこが大好物だったことを覚えているはずだ。

せめて一言でも触れてくれれば、役に立ってやってもいい。

そこまで考えた上で拵えたとは、当の外記は気付いてもいない。

的外れな提案を反故にして、代わりに手頃な菓子を出してきたことに、ただただ怒るばかりであった。

「こんな安物が献上できると思うたか！　愚か者め！」

怒鳴り散らす外記は、慶三の好みなど覚えてもいない。

十兵衛が暴れたときに備え、控えていた藩士たちも同様だった。

「何だこれは、そこらで売っておるのと同じ代物ではないか」

「つまらぬのう。拝んで眼福にするつもりが呆れたわ」

「こやつ、まことに将軍家のお褒めに与ったのか？」
口々に、勝手なことばかり言っている。
ただ一人、十兵衛の真意を知るのは喜平太のみ。
亡き主君に誠を尽くす友が、遥香と共謀して主君に毒を盛るはずもない。
大事な菓子を突っぱねた外記こそが、憎むべき敵だと見定めていた。
遥香に罪を押し付けたのも、もしや外記ではないのか。
そう見なせば、合点が行く。
そもそも遥香が主君殺しの大罪人ならば、十兵衛も命を懸けて護るまい。
無実と信じ抜けばこそ、今日まで匿ってきたのだろう。
喜平太も、二人は潔白と今や確信していた。
信じる以上、何としても助けねばなるまい。
外記を裏切ることになるのは、もとより承知の上である。
この変節漢めと言う奴には、勝手に言わせておけばいい――。
「何じゃ野上、その眼は」
気付いた外記が、憮然と視線を向けてきた。

「うぬ、儂の恩を忘れたか。早う小野を斬り捨てよ」

「何もご家老の世話にはなっており申さぬ。拙者をお取り立てくださったのは先代の御上にござる故な」

「恩知らずめ、うぬが師匠より受け継ぎし道場まで建て替えてやったであろう！」

「あの金子《きんす》ならば、これまでの働きで完済したものと心得ており申す……。ご家老の悪事に加担いたす義理など、もはやござるまい」

答える喜平太に迷いは無い。

「無礼者！　何じゃ、その言《い》い種《ぐさ》は！」

凄まれても動じることなく、じりじりと間合いを詰めていく。

「おのれ」

外記が太い眉を吊り上げた。

「儂が許す！　そこな無礼者を、小野ともども成敗いたせ！」

「ははっ」

下知《げち》された藩士たちが、一斉に刀を抜く。

サッと喜平太は身を翻した。

まず狙ったのは、十兵衛を取り押さえていた成井と西田。

「わっ！」

「ひいっ」

吹っ飛ぶのを尻目に、喜平太は友を抱き起こす。

戦う決意を固めていたのは、もとより十兵衛も同様だった。

「借りるぞ、野上」

「長いのにせい」

帯前に手を伸ばそうとするのを押しとどめ、喜平太は刀を差し出す。

「かたじけない」

十兵衛に続き、喜平太も脇差の鞘を払う。

そこに二人の剣客が突入してきた。

「十兵衛どのー！」

美織と甚平である。

先陣を切ったのは美織だった。

「参る！」

美織は果敢に抜刀した。

振るう刀は、先程にも増して勢いがある。

想い人を救おうと懸命だった。

その必死さを目の当たりにして、喜平太は気付いた。

(こやつ、小野を……)

男装に隠された正体を見抜いた上で、十兵衛に想いを寄せているに違いないと察したのである。

(そうか……小野のためにここまでするおなごが、すぐ近くに居ったのか……あやつが御国御前と軽々しゅう情を交わす輩ならば、体を張って乗り込んでは参るまい。やはり、御前さまとは何もなかったのだ……)

友を疑っていたことを、喜平太は改めて恥じずにいられない。

それにしても、大した女傑に惚れ込まれたものである。

女ということに、美織は甘えてはいない。

自分の手で、想い人を取り返したいのだ。

なればこそ、決死の覚悟で乗り込んできたのだろう。

このまま喜平太が加勢に廻り、十兵衛を連れ出すのは容易い。

だが、それでは美織が突入したのに意味が無くなる。連れの男――甚平も甲斐があるまい。

二人の気持ちを、無為にさせたくはなかった。

「うわっ」

喜平太は悲鳴を上げてつんのめる。

わざと不覚を取った振りをしたのである。

十兵衛は気付いていなかった。

「野上？」

「いかん、足をくじいたらしい……」

「しっかりせい」

そこに美織が駆けてきた。

喜平太を役立たずめといった眼差しで睨み付け、十兵衛の前に立つ。

「ご無事であったか、十兵衛どの！」

美織の顔は、歓喜で一杯。

闘志も二倍になっていた。

「かたじけない。一気に斬り抜けるぞ！」

「承知！」

十兵衛と美織はうなずき合い、だっと駆け出す。

後詰めは甚平が買って出た。

「寄らば斬るぞ。覚悟せい！」

威嚇の叫びを上げつつ、刀を振るう姿に隙は無い。横から斬りかかる者がいても
サッ、サッと受け流し、付け入る隙を与えずにいた。

「お、おのれっ……」

外記は慌てた声を上げるばかり。

自ら立ち向かっていくどころか、刀を抜くこともできていない。

十兵衛と美織に続き、甚平も駆け出す。

しかし、喜平太は後に続こうとしなかった。

「早う逃げよ、野上ー！」

十兵衛の叫びが聞こえてくる。

それでも、駆け出そうとはしない。

代わりに外記へ向かって、じりじりと歩を進めていく。

「うぬっ、乱心しおったか！」

外記は思わず目を見張る。

護りの藩士は、すでに残り少なくなっていた。

しかも、腕の程は喜平太に遠く及ばない。

「わっ！」

「ひいっ」

脇差で軽くあしらわれ、手傷を負ってよろめくばかり。

「ううっ……」

もはや外記は絶体絶命。

だが、持ち前の悪運は強かった。

騒ぎを聞き付け、どっと屋敷の母屋から加勢の藩士が駆け付けたのだ。

「何事じゃ！」

「野上喜平太が乱心ぞ！」

「取り押さえい！　早う！」
たちまち喜平太は脇差を取り上げられ、縄を打たれる。
十兵衛は助っ人たちに引っ張られ、疾うに姿を消した後。
無二の友を逃がした代償は、高く付いた。
それでもいい。
積年の誤解が解け、喜平太の胸中は爽やかだった。

第三章　こんぺいとう

一

　客商売にとって、人々が外出を控える梅雨は難儀な時季。客足が減る上に材料も傷みやすくなるため、仕込みの量を加減しなくてはならない。

　これから毎日、雨が続くと思えば気が滅入る。

　そんな鬱陶《うっとう》しい最中でも、常連たちは欠かさず足を運んでくれる。

　今日も美織は傘を差し、笑福堂へやって来た。

「あっ、おねえちゃん！」

「いい子にしていたか、とも」

「うん！　きょうもおてつだいをしているんだよ」

「そうか、そうか」

すかさず駆け寄ってきた智音に、美織は番傘を畳みながら微笑みかける。

涼しげな麻の着物に薄地の夏袴を穿き、素足に下駄を突っかけている。今日も朝早くから屋敷内の道場に出て稽古に励み、ひと汗流した後だった。

「すまぬな」

傘を受け取る智音に礼を告げ、美織は雨で湿った暖簾を潜《くぐ》る。

入れ替わりに席を立ったのは、勘定を済ませた松三。

ちょうど昼時である。

いつもは朝の仕事前に寄るだけなのに、今日は最寄りの煮売《にうり》屋で弟分たちと中食《ちゅうじき》を済ませた後、甘いものは別腹だぜとまとめて引っ張って来てくれた。

笑福堂の客足が雨続きで減ったのを、心配してのことである。

「おっ、夜叉姫さんじゃねぇですか」

「松三か。毎日ご苦労だな」

「なーに、俺たちゃ体が元手の稼業でござんすからね。梅雨だからって表に出るのを控えてたんじゃおまんまの食い上げですし、こちらさんにお邪魔することもできなくなっちまいやすよ」

「左様であったな。感心なれど、励みすぎて風邪などひかぬようにいたせ」

声をかけてきた松三に答える、美織の態度は打ち解けたもの。

新大橋を渡った先を歩くときには警戒を怠らず、男装していることを見破られぬようにいつも気を付けている美織だが、馴染んで久しい笑福堂の常連たちの前では構えることなく、本来の明るさを見せるのが常だった。

調子に乗った竹吉《たけきち》と梅次《うめじ》に軽口を叩かれても、いちいち真に受けはしない。

「こいつぁ姫様、相変わらずおきれいでござんすねぇ」

「いっつも男のなりじゃ、もったいねぇですぜ。たまにはこう、ぱーっとした振袖でもお召しになられちゃどうですかい?」

「ふっ、おぬしたちのために着飾る気にはなれぬよ」

以前の頑《かたく》なだった頃と違って、美織は態度も口調も柔らかい。がさつだったはずの松三が近頃では気を遣い、仮にもお旗本の姫様をいやらしい目で見るんじゃねぇと弟分たちに釘を刺しているほどだった。

「おい、お前らいい加減にしねぇかい」

でれっとしている竹吉と梅次を、松三はどやしつける。

「すみやせんねぇ姫さん。おはるちゃんも、また明日な」

美織に軽く頭を下げた後には、器を片付ける遥香に手を振るのも忘れない。身の丈が六尺豊かな大男なのに、しぐさがいちいち可愛らしいのも相変わらずだ。

「またのお越しをお待ちしております。ありがとうございました」

遥香は愛想よく松三たちを送り出した。

美織は席に着くと、台所に視線を向ける。

十兵衛が麦湯の碗を運んできた。

「いらっしゃい、美織どの」

「うむ。今日も馳走になりに参ったぞ」

飲み頃に温められた碗を受け取り、美織は微笑む。夏場には井戸で冷やしたのが喜ばれる麦湯だが、腹を下しやすい梅雨は熱いままのほうが安心だった。

「何にいたしましょう」

「おぬしに任せる。何ぞ見繕うてくれ」

「恐れ入ります」

十兵衛は台所に戻り、まんじゅうを七輪の網に載せる。

熱を通すのは、傷むのを防ぐためだ。

火を使って食べ物の腐敗を防ぎ、長持ちさせる暮らしの知恵は、菓子作りにも役に立つ。たとえばまんじゅうは適度に焦がした皮が香ばしく、中に詰まったあんこも甘みが深まるので一石二鳥。味も香りも申し分ない。

「お待たせしました」

温かい麦湯を飲みながら待っていた美織の前に、遥香が皿を置く。

「ふふっ……」

美織は嬉しげに、ぱりっとした皮を割る。

半分ずつ口に運ぶと、笑みは満面に広がった。

「うむ、うむ……美味いぞ。焼きまんじゅう、気に入った」

「ありがとうございます」

十兵衛は台所から礼を述べた。

大身旗本の娘でありながら、美織には驕《おご》ったところがまったく無い。美味いものを口にすれば素直に喜び、表情や言葉にせずにいられないのだ。

忌憚《きたん》なく喜びを表してもらえると、十兵衛も遥香も嬉しくなる。

今日も美織は食欲旺盛。

近頃は稽古の疲れを甘味で癒すだけでなく、遅めの中食を摂る十兵衛たちと食事を共にすることも多くなっていた。

台所には遥香が立ち、汁を拵えている。小さく刻んだこんにゃくと根菜を一緒に煮立てた、けんちん汁だ。

残り野菜をまとめて食べてしまうには、いい献立である。

遥香が率先して炊事を始めたのは過労で倒れ、回復した後のことだった。

十兵衛は自分より疲れている。

にも拘わらず、日々の菓子作りに加えて、ご飯拵えまでやらせていては申し訳ない。そう思って自ら始め、恐縮する十兵衛を説き伏せて台所に立つようになったのだ。

娘時分には国許の実家で母親を毎日手伝い、女中も置けない貧乏所帯で炊事にも励んでいただけに実は手慣れており、残り野菜を活用したりと始末もいい。

「美織さま、おまんじゅうはお食事の後になさったほうがよろしかったのではありませぬか」

「大事はござらぬ。甘いものは別腹だからな」

「まぁ」

松三が言っていたのと同じ台詞《せりふ》を聞かされ、遥香はくすりと笑う。

智音は七輪の前にしゃがみ、目刺しを焼いていた。

十兵衛が美織に供するまんじゅうを焼いた網を下げ、魚焼き専用のものにきちんと取り替えている。他の客はいなかったが、臭いが店に籠もらぬように勝手口の戸を少し開けておく配慮も忘れない。

すべて母の遥香がやっているのを目にして、好奇心で始めたことだった。

「あちち」

危なっかしくも熱心に、目刺しをひっくり返す様子が微笑ましい。

「ふ……」

和やかな光景に、美織は思わず笑みを誘われる。

と、そこに訪《おとな》いを入れる声。

「御免」

暖簾を割って顔を見せたのは、岩井信義だった。

「これはこれは、岩井のご隠居さま」

十兵衛は前掛けを外して信義を出迎えた。

「先触れをしてくだされば、お支度を調えておきましたものを……」

「よいよい、今日は忍び歩きで参ったのだ」

「お乗物ではありませぬのか？」

「うむ」

うなずく信義は、畳んだ番傘を自ら提げている。

そぼ降る雨の中を供も連れず、独りで足を運んできたのだ。

「ごいんきょさま」

すかさず智音が進み出て、傘を受け取る。

「失礼いたしまする」

遥香は乾いた手ぬぐいを用い、濡れた袖と裾を拭いてやる。

「おぬしたち、すまぬのう」

気のいい笑みを返しながら、信義は雨除けの爪皮が付いた下駄を脱ぐ。足元を冷やさぬように、きちんと足袋《たび》も履いている。

母娘で揃って対応している間、十兵衛は台所へ麦湯を汲《く》みに行っていた。

手が足りぬと判じて速やかに動き、座布団を持って来たのは美織。

「お久しゅうございまする」

「おお、そなたも来ておったのか。儂に構わず、ゆるりとせい」

信義は鷹揚に答えつつ腰を下ろし、運ばれてきた麦湯を美味そうに啜《すす》る。

「うむ……程よき加減じゃ」

と、怪訝そうに鼻をひくひくさせる。

「何ぞ焦げておるぞ、おぬしたち」

「まことですか、ご隠居さま」

「なんだろ？」

遥香と智音が気付くより早く、十兵衛が動いた。

「間に合いませなんだ……」

肩を落として戻った手には、黒焦げの目刺し。

「おお、これから中食であったのか」

取り成したのは信義だった。

「ならば儂も馳走に与ろうかの。なーに、汁と香の物さえあれば十分じゃ」

二

信義は旺盛な食欲を発揮し、けんちん汁と漬け物をおかずに飯を二杯平らげた。

「美味い汁であったぞ、遥香」

「恐れ入りまする」

「何と申すかな、こう……食する者への気遣いが行き届いておる。ひとつひとつの具に味がよう染みておるのも、包丁が丁寧に入れてあればこそだろうよ」

「お恥ずかしゅうございまする。料理など、娘時分以来のことですので」

「成る程、もとより多少の心得があったのだな？」

「はい、これでも嫁入り修業はしておりました故」

「ははは、その修業、しかと活きておるぞ」

「ありがとうございまする」

重ねて褒められ、遥香は本当に嬉しそうである。

目刺しを焦がしてしまった智音の相手は、美織が買って出ていた。

「何をやったかわかっておるか、とも。おぬしはいけないことをしたのだぞ」

「…………」

智音は黙ってうつむいている。

殊勝な態度なのは見て分かるが、それだけで済ませてしまっては智音自身のためになるまい。もしも正しく反省できていなければ、また同じ過ちをしてしまうかもしれないからだ。

「よいか、とも。私の言うことを、しかと聞くのだぞ」

前置きをした上で、美織は長々と説き聞かせた。

「おぬしの一番のしくじりは、始末をせずに七輪から離れたことだ。たとえご隠居さまのお越しであろうと、真っ先にすべきは火の始末だったのだぞ。目刺しやまんじゅうを焦がすぐらいならばよいが、燃え上がった炎が飛び火いたさば一大事……この家ばかりか隣近所、下手をいたさば町内じゅうに迷惑がかかる。そんなことになれば、おぬしの代わりに十兵衛どのが罪に問われる。それでもよいのか？」

智音は慌てて頭を振った。

その様を見届け、美織は重ねて問いかける。

「されば、同じ過ちは二度といたさぬな？」

「……うん」

「こういう折には、はい、と答えよ」

「はい」

「よろしい……さぁ、おいで」

美織は智音に手招きした。

険しい面持ちから一転し、表情は明るい。

黙って歩み寄って来た智音を膝に乗せ、そっと頭を撫でてやる。

「ごめんなさい、おねえちゃん」

「分かればよいのだ。さ、我らも食事にしようぞ」

説教する役目を買って出たのは、亡き主君の忘れ形見である智音に何かと遠慮の多い十兵衛はもちろん、実の母である遥香もこういうことは苦手だろうと判じた上でのことだった。

いつも可愛がるばかりでなく、時には厳しく接するのも愛情の表れだ。

それも叱り飛ばさずに諄々《じゅんじゅん》と、分かるように説き聞かせなくてはならない。

美織は、そんなところも心がけていた。

親には叱られた覚えこそ無いが、剣術の師匠は違ったからだ。

少女の頃から女扱いせずに鍛えながら細やかな配慮も忘れず、凡百の男では歯が立たぬ手練となるまで労を惜しまず、心を配って育て上げてくれたのだ。

過去など殊更に話してもらわずとも、日々接していれば人となりは分かる。

美織に任せておけば、安心に違いない。

十兵衛も遥香も最初から分かっていた。

美織の如く厳しさと愛情を等しく受けて育った者は目下の者たち、そして子どもに対しても同様に接するものである。自身の成長を通じて、正しい価値観が身に付いているから教え導くこともできるのだ。

たまたま来合わせてくれたことに感謝しながら、十兵衛は台所に立つ。

美織と智音のために飯を盛り、汁を椀に注ぐ。

一度に食べられる量が以前よりは増えたものの、基本は少食な智音のために盛り付けを加減するのも忘れない。叱られた直後となれば尚のこと、箸は進まぬだろうと見なしていた。

ところが、いい意味で予想は裏切られた。

「おかわり」

空にした碗を差し出されて、十兵衛はびっくり。

智音は飯粒ひとつ残さず、きれいに平らげていた。

ついさっき叱られたことなど、微塵も根に持っていない。

旺盛な食欲を発揮したのは、美織も同じ。

大ぶりの焼きまんじゅうを二つも食べた後なのに、飯も汁もお代わりをした。

かくして食事を終えた後、そっと問うてきたものである。

「十兵衛どの、先程の目刺しは何としたのだ？」

「裏の芥溜《ごみた》めに持っていきました。今頃は野良猫の腹に収まっておりましょう」

「そうであったか……大事ないと言うておけばよかったな」

美織は残念そうに溜め息を吐いた。

「智音のために叱りはしたが、実を申さば魚も鶏も、少々焦がしたところで食えぬことはないのだ。何も体に悪いことなど有りはせぬ」

「まことですか?」

「そうであろう。皆、薬になるからと黒焼きを有難がるではないか」

「ははぁ、いもりですか」

「それは効きもせぬ惚れ薬のことであろう……私が言うておるのは、なすのへたを焼いて歯の磨き粉にしたりすることだ」

「成る程……」

うなずきながらも、十兵衛は意外だった。

ご大身の娘でありながら、美織は始末がいいらしい。

たしかに、昨今はどの旗本も屋敷の構えこそ大きいが、家計は火の車という場合が多いという。

富裕な部類である美織の家でさえ目刺しを焦がしても無駄にせず、なすのへたを捨ててしまわずに利用したりと、日頃から節約を心がけているのであれば、微禄の旗本や御家人は尚のこと、逼迫しているのだろう。

むろん、美織の家も贅沢などしていないのは、口ぶりからも明らかである。

そんな暮らしの中で毎日来てもらっていたと思えば、心苦しい。

職を持たぬ美織は松三たちと違って、日銭が得られる立場ではない。まんじゅうひとつを購《あがな》う銭も小遣いをやり繰りし、日々捻出してくれているはずだった。

そう思えば、中食を振る舞うぐらいは負担にならない。

今日のように信義まで顔を見せた日は、十兵衛が飯を抜けばいいだけのことだ。

そんな気遣いを知らぬまま、美織は笑顔で家路に就く。

「遥香どのは呼ぶに及ばぬぞ、十兵衛どの。ともを寝かせておるのだろう？」

「すみませぬ。食べすぎて、少々苦しゅうなったようで……」

「ちょうど昼寝時であろう。ゆっくりさせてやるといい」

「お世話になりました、美織どの」

「こちらこそ馳走になって、かたじけない……。さればご隠居さま、お先に失礼させていただきまする」

信義に一礼し、美織は潑剌《はつらつ》と帰って行く。

二人きりになったところで、十兵衛と信義は改めて向き合った。

「いやはや、儂もすっかり馳走になったぞ」

「とんでもないことでございまする、有り合わせのものばかりで……」

「なーに、始末がいいのは何よりじゃ。実を申さば儂の屋敷でも、残り物は無駄にさせてはおらぬ……焦がした目刺しや、なすのへたもな」

「聞こえておられたのですか、ご隠居さま」

「ははは……目も耳も、若い者にはまだまだ負けておらぬのでな」

「重ね重ね、お恥ずかしゅうございまする」

「江戸の旗本は派手に見えて、存外に堅いということじゃ。講武所《こうぶしょ》風だの何だのと流行りを追うておるのは若い者だけ……その点、美織はやはり女だのう」

「左様にございますな」

「あれはいい嫁になる……どこぞにいい男は居らぬかのう」

と、信義は十兵衛の顔を見る。

さりげなく視線を逸らし、十兵衛は問いかけた。

「ところでご隠居さま、本日は何故のお越しでありますか」

「おお、すっかりくつろいでしもうたな」

居住まいを正して、信義は言った。

「訪ね参ったのは他でもない、おぬしに菓子を拵えてもらいたいのだ。引き受けてもらえぬか」

「それはもう、ご隠居さまのお頼みとあれば、何なりとお申し付けください」

「有難い。まずは礼を申すぞ」

「いえ、こちらこそ」

十兵衛は慌てて礼を返した。

「してご隠居さま、何をお作りいたしまするか？」

「そこのところはだな、相手の好みを聞いてやってほしいのだ」

「されば、ご隠居さまが召し上がるお菓子ではありませぬのか」

「うむ。儂の旧《ふる》い友が久しく無聊《ぶりょう》を託《かこ》っておってな、おぬしの菓子で慰めてやってほしいのだ」

「はぁ……」

十兵衛は戸惑った。

他ならぬ信義のためならば是非も無いが、話が見えない。

「して、そのご友人とはどのようなお方にございまするか」

「儂と同じ直参で、名は川路左衛門尉聖謨《かわじさえもんのじょうとしあきら》と申す」

「川路様と申さば、前に勘定奉行を務めておられしお方ではありませぬか？」

「ほほう、存じておったのか」

「ご尊名は存じ上げております。黒船来航の折には、メリケンやエゲレスとの交渉に大層ご尽力なされたそうで……菓子作りの修業で江戸表の藩邸に居った頃にも、お噂は耳にしておりました」

「それは、川路が職を失うた頃ではないかな」

「左様にございまする。ご大老と争うて野に下られたとの由だったかと」

さして政《まつりごと》に関心を持たない十兵衛も知っているほど、川路聖謨は有名だった。

軽輩から登用されて出世を遂げ、地位を築いた幕臣は少なくないが、中でも聖謨は指折りの切れ者として名が高く、重く用いられてきた。

「儂とは若い頃からウマが合うてな、あやつの出世は我がことのように嬉しかったものよ……。だが優秀すぎるが故に嫉妬を買うてな、働き盛りの頃には長らく江戸から遠ざけられておったものだが、その間も腐ることなく奈良と大坂で任じられた奉行の職を全うし、さすがは川路左衛門尉と言われたものよ」

「それから江戸に戻られ、勘定奉行になられたのですね」

「うむ。だが一橋《ひとつばし》様を推《お》したのが災いし、井伊《いい》の赤鬼に睨まれてな……」

信義は溜め息を吐いた。

勘定奉行として幕政の第一線に返り咲いた聖謨は、ペリーとプチャーチンの来航に始まるアメリカ・ロシアとの外交交渉に力を尽くしたものの、大老の井伊直弼《なおすけ》と反りが合わず、折に触れて対立していた。

井伊の赤鬼と呼ばれた直弼が聖謨をついに失脚させたのは、今は家茂公が就いている十四代将軍職の候補選びにおいてのこと。

聖謨は水戸徳川家から一橋家の養子となった慶喜《よしのぶ》公を支持して直弼に敗れ、制裁人事で閑職の西ノ丸留守居役に左遷されたあげく隠居させられた後、未だ幕政に復帰できずにいる。一昨年に直弼が桜田門外で暗殺されてからも、置かれた立場は変わっていなかった。

「柳営《りゅうえい》（幕府）に返り咲かれるのは、それほど難事なのでございますか」

「どうにもなるまい。これより先に、もしも一橋様が世に出られれば、川路にも良き風が吹くであろうが……な」

信義の歯切れは悪い。

将軍候補争いの件に限っては、親友であっても意見が合わなかったらしい。隠居した後も家茂公の良き相談相手となっている立場だけに、慶喜派の聖謨を表立って庇《かば》うことは未だに難しいのだろう。

そんな十兵衛の読みに違わず、信義は言った。

「ここ何年も無沙汰をしておったのだが、様子がおかしいと知らせがあっての。見舞いに行こうと決めたのはよいが、日々を楽しまずに暮らしておるのを手ぶらで訪ねるのが心苦しい。そこで是非ともおぬしに同道してもらいたいのだ。甘味にうるさいあやつの好みを聞き出した上で、ひとつ腕を振るうてやってはくれぬか」

「承知しました。謹んでお引き受けいたしまする」

迷うことなく、十兵衛は答える。

心ならずも対立し、疎遠になっていた旧友を元気付けてやりたいというのが信義の願いならば、役に立ちたい。

友を想う気持ちは、重々分かる。

あれから安否の知れない喜平太を案じる毎日を送っていた十兵衛にとって、信義の頼みは他人事とは思えなかった。

むろん、難しい仕事なのは承知の上だ。

菓子を贈る相手は、勘定奉行まで勤め上げた大身旗本。

それも名ばかりの御大身ではなく、幼い頃から勉学に励んで認められ、小普請組の御家人から旗本に昇格して出世を重ねた、類い稀な秀才なのだ。

だが、かつて俊英と呼ばれた聖謨も今や還暦過ぎ。

しかも政から遠ざけられ、不遇な毎日を送っている。

とはいえ、一族の全員が同じ目に遭ったわけではない。

信義曰く、川路の家督は息子が継ぐことを許されて無事に存続しており、暮らし向きに何ら問題は無いという。早いもので孫たちも次々元服し、そろそろ嫁を取る話も出ているとのことであった。

「初孫は太郎《たろう》と言うてな、幼き頃に川路の家中で大層な人気者じゃった。儂も屋敷を訪ねた折に何度か遊んでやったが、実に素直で可愛らしい童《わらべ》だったよ。あの福々しいちび助が嫁を貰うとは、まことに時が経つのは早いのう……」

「めでたきことではありませぬか」

相槌《あいづち》を打ちながらも、十兵衛は不思議に思った。

川路家の現状そのものは、どうやら安泰であるらしい。

それなのに、なぜ聖謨は隠居暮らしを楽しめずにいるのか。

直参旗本は徳川の天下が続く限り立場を保障されており、失職したり降格させられても代々の家禄は未来永劫、支給される仕組みになっている。

つまり、職を失っても路頭に迷うわけではない。

額が一定のため物価の上昇に追いつかず、美織が口にしていたような倹約を日々の暮らしの中で心がける必要もあったが、川路家ほどの規模にもなれば家臣用の御長屋の空き部屋や、屋敷地の一部を富裕な町人に賃貸したりして副収入を得る余地も大きいことだろう。

しかも息子が跡を継ぎ、孫も元服しているとなれば家の将来は安泰。

それで良しと割り切って、なぜ老後の日々を穏やかに過ごせぬのか。

だが、考え方は人によりけりである。

川路聖謨は、じっと大人しくしていられる質ではないらしい。

「儂が思うに、あやつはまだ燃え尽きておらぬのだ」

「お加減が悪いのではありませぬのか」

「いや、様子がおかしいと言うたのは、その逆での……。職を失い、さも老いさらばえたかのように振る舞うておったはずがこのところ発奮し、再び柳営に返り咲くぞと言い出して、家中の者どもを困らせておるらしい」

「どなたから知らされたのですか、ご隠居さま」

「川路の妻女のおさとどのだ。若い頃から才色兼備の誉れ高い女人での……。後妻に入って実の子にこそ恵まれなんだが、先妻の子らを立派に育て上げ、孫たちの躾も申し分ない……。それが今になって川路めの我が儘に手を焼かされ、困り果てて儂に相談して参ったのだ。直《じか》に会うて見極めなくては子細までは分からぬが、付き合いが絶えて久しい儂をおさとどのが頼るとなれば、よほどのことに違いあるまい」

「左様な次第でありましたのか……」

十兵衛は溜め息を吐いた。

思った以上に、難しい話であった。

病を得た者を慰め、励ますための菓子を頼まれることは珍しくない。

だが出世を諦めきれず、気分が高揚しているのを鎮めるための一品をと所望されても、どうしたらいいのか見当も付かない。

しかも甘味好きとはいえ還暦を過ぎた男が子どもの如く、好みの菓子を贈られただけで考えを改めてくれるものだろうか――。

「言いたいことは分かっておる。年寄りの冷や水と申したいのだろう？」

「いえ、そのような」

「良い良い。思うところは、儂とて同じじゃ」

信義は薄く笑った。

聖護を軽んじているわけではないのは、続く言葉からも明らかだった。

「傲慢に聞こえるかもしれぬがな、実を申さば儂はあやつがうらやましい。老いた身で御政道に関わるなど、いざやってみれば労することも多いし、先だっておぬしに助けてもろうたが、恨みを買うて刺客を差し向けられることもある……。願わくば早う孫に恵まれ、日がな一日のんびりと構うて過ごしたいものだ」

「…………」

「あやつは知らねばならぬのだ。十分に出世を遂げ、徳川の御家のためにも働いたからには潔う老いを受け入れ、刀を納めねばならぬと……な。厄介な話であろうが力を貸してくれ、頼む」

「……承知つかまつりました」

十兵衛は改めてうなずいた。

男が仕事の一線から退くのは、老いた剣客が隠居して刀を差すのを止め、一振りの脇差だけ帯びて過ごす身となることに譬《たと》えられる。

どんなに未練があっても、いつの日か思い切らねばならないのだ。

だが、川路聖謨はそれができずにいる。

当人は奮起したつもりであっても、老醜を曝していると周囲に受け取られては元も子も無いだろう。

かつて俊才と言われた人物が、晩節を汚してしまうのは見るに忍びぬこと。

信義は旧友として、その前に何とかしたいのだ。

その気持ちに、何とか応えたい。

難しい依頼であっても、逃げてはなるまい。

決意も新たに、信義に同行することにした十兵衛だった。

三

翌日は幸いにも雨が上がった。

いつ降り出すか分からぬが、とりあえず出かけるには都合がいい。

笑福堂の商いが一段落したところで、十兵衛が信義と共に出向いた先は、麹町の表六番町にある川路家の屋敷。

信義は辻駕籠に乗り、十兵衛は徒歩で付き添う。

専用の乗物を使わないのは、身分を隠すためだった。

同じ隠居とはいえ、信義は未だに将軍家と幕閣の信頼も厚い身だ。

しかし聖謨は幕政の現場から遠ざけられて久しく、返り咲ける兆しも無い。

そんな二人が会っていれば、不遇をかこつ聖謨を信義が担ぎ出し、何かよからぬことを始めようとしていると誤解を招きかねない。

故に町で拾った駕籠に乗り、供をさせるのも石田甚平だけにとどめていた。

「ほいっ」

「ほぅいっ」

交わす掛け声も快調に、二人の駕籠かきは信義を運んでいく。

ぬかるむ道でよろめくこともなく、先を行く足の運びは力強い。

後に続きながら、甚平と十兵衛は久しぶりに言葉を交わしていた。

「久しぶりだな、おぬし」

「石田様もお元気そうで何よりです」

「おかげで息災にしておるよ。給金もだいぶ増えたのでな、そろそろ妻子を江戸に呼んでも、どうにかやっていけそうだ」

微笑む甚平は過日に受けた傷も癒え、調子を取り戻していた。命懸けであるじを護ったことが認められ、口うるさい用人頭の砂山《すなやま》も、近頃は無闇に説教することが無くなったらしい。

「それは何よりにござったな、石田様」

「うむ……幾つになっても、理不尽に叱られるのは嫌なものであるからな」

「左様ですね」

「だが十兵衛、川路のご隠居には何を言われても逆ろうてはならぬぞ」

「もとより承知の上にござるよ」

相手が思い込みの強い手合いのときは否定せず、まずは話を聞くことから始めるのが肝要である。

無礼者扱いされても、ムッとしてはなるまい。

そう心に決めていた十兵衛であったが、信義と二人だけ屋敷に通され、早々に目にした光景には拍子抜けさせられた。

聖譚は隠居部屋の縁側に座り、ぼーっと曇り空を眺めていたのである。

「何じゃ、おぬしたちは？」

こちらを見やる面長の顔には、まったく覇気が無い。

大ぶりの双眸もどんよりしており、再起に燃えているどころか、旧友の信義の顔まで覚えていない様子だった。

これは一体、何としたことか。

惚《ぼ》けてしまっているとは、聞いていない。

質素ながら気品と貫禄のあるたたずまいだけに、余計に痛々しく感じられる。

「ひとまず、こちらへ……」

呆気に取られる信義と十兵衛を連れ出したのは川路さと、五十九歳。

聖謨の妻は老いても美しい、色白の女人であった。

お引きずりと呼ばれる、裾長の着物の裾をさばくしぐさも優雅そのもの。

才女の誉れ通り、一挙一動に落ち着きがある。

だが、その落ち着きにも実は限界が来ていた。

「重ね重ね申し訳ございませぬ、岩井さま！」

二人を離れの座敷に案内し、付き添いの女中たちに人払いをさせたとたんにわっと泣き出したのだ。

「これ、何も謝るには及ばぬぞ」

すかさず信義は慰める。

十兵衛は同席こそ許されたものの、離れたところに座らされているので、黙って見守るのみだった。

ここは信義に任せて落ち着かせ、上手く話を引き出してもらうしかない。

「もとより儂はそなたの味方じゃ。この者も信用が置ける故、さっくり話してみるがいい」

「……はい」

恥じらいながら涙を拭うと、さとは語り始めた。

「夫があのようになりましたのは、今朝からのことにございまする」

「起きたら惚《ほう》けておったと申すのか？」

「初めは戯れかと思いました。岩井さまもご存じの通り、夫は堅物のようでありながら存外にいたずら好きでございまする故……。あれはさんざん息巻いた照れ隠しに、わざととぼけ始めたのかと」

「成る程、ありそうなことだのう」

信義は深々とうなずいた。

一方の十兵衛は黙って耳を傾けながらも、内心では困惑していた。

再起に燃えて家族を振り回していたはずが、急にどうしたというのか。

本当にふざけているのであれば、勘弁してもらいたい。

だが、聖謨の態度が急変したのには、しかるべき理由があった。

「夫は孫にやり込められ、すっかり覇気を失うてしもうたのです」

「まことか？」

「その場を見ておった女中から聞き出し、得心が行きました……。いい加減にしろと太郎に怒鳴りつけられ、一遍に気落ちしてしもうたのです」

「あの太郎が？……まさか」

「夫もそう思い込んでおりました故、尚のこと堪《こた》えたものと存じまする」

「ううむ、無理もあるまい」

さとの話を聞き終えて、信義は同情せずにいられぬ様子。

理由を知ったからには、十兵衛も放ってはおけない。

「奥方さま、おうかがい申し上げてもよろしゅうございまするか」

「構いませぬ」

さとは品よくうなずいた。

ご大身の奥方にありがちな、驕ったところが微塵も無い。

「ありがとうございまする」

十兵衛は折り目正しく一礼し、問いかけた。

「左衛門尉さまは、何か病を抱えてはおられませぬか」

「いいえ。私と違うて、至って壮健です」

「では、食の進みも」

「はい。大食には非ざれど、朝夕の食事は常に欠かしておりませぬ。今朝もご飯をお代わりなされ、残さず召し上がられました」

「そういえば持病は何としたのだ、おさとどの」

心配そうに、信義が口を挟んできた。

「川路があの様子では、さぞ苦しんだはずぞ。起きていても大事ないのか?」

言われてみれば、さとは顔色が悪かった。

色が白すぎると思えたのも、やつれきっていればこそなのだろう。

この様子では、根掘り葉掘り問うわけにもいくまい。

特に持病が無く、食欲もあると分かれば十分だった。

「もう結構にございまする、奥方さま。岩井のご隠居さまの仰せに従われ、どうぞお休みくださいませ」

「そういたすがよかろうぞ、おさとどの」

信義は重ねて勧めた。

「後のことは儂と十兵衛に任せておいて、そなたは枕を高くして眠るがいい。果報は寝て待てと申すであろうが、ん？」

「かたじけのう存じまする。ご隠居さま……」

優しく告げられ、さとは目を潤ませる。

「それでは、お言葉に甘えさせていただきまする」

一礼し、腰を上げるしぐさはしおらしい。

信義が太鼓判を押すのも分かる、良くできた女人だった。

去り際には、十兵衛に声をかけていくのも忘れない。

「よしなにお頼みいたします。わが殿を、どうか慰めてやってくだされ」

「心得ました、奥方さまもお大事に」

「ありがとう」

さとは座敷を後にした。

残った信義と十兵衛は、しばし顔を見合わせる。

先に口を開いたのは信義だった。

「……儂はな、そのほうの菓子は薬にもなると思うておる」

「ご隠居さま」

「川路が抱えし痛みを鎮め、心穏やかにさせてやってくれ」

「ははっ」

ここは一番、気合いを入れて取り組まねばなるまい。


信義を後に残して廊下を渡り、十兵衛は聖謨の隠居部屋へと戻っていく。

幕臣として再起しようとしていたことには、敢えて触れぬつもりである。

気落ちしている人間の尻を叩くことは、逆効果にしかならない。

余計なことは何も聞かず、好みの菓子を供するだけでいい。

だが、本当にそれでいいのだろうか。

十兵衛は聖謨の本音が知りたかった。

孫に罵倒された聖謨が傷付きながらも目を覚まし、これから先の余生をのんびり過ごす気になっているのであれば、問題は無い。

今は辛くて現実から逃避していても、いずれは落ち着く。好きな菓子が何なのか聞き出したら、元気になるまで屋敷に毎日届けてもよかった。

しかし、聖謨の本音はどうなのか。

実はまだ、幕臣として働きたいのではないか。

まだ野心がくすぶっているのなら、実現に向けて動き出したほうがいい。

それならそれで、応援するために菓子を作るつもりである。

信義はもちろん、さとのためにも聖謨が元気になる手助けをしたい。

十兵衛はそんな気持ちになっていた。


縁側では、聖謨がまだ空を見ていた。

そろそろ雨が降り出しそうな気配である。

いずれにしても、部屋に戻ってもらわねば話にならない。

十兵衛は静かに語りかけた。

「お邪魔してもよろしいですか、左衛門尉さま」

「ん？」

見返す視線に、警戒の色は無い。

問うてくる口調も穏やかだった。

「そのほう、何者か」

「甘味屋を営む者にございまする」

「甘味……菓子職人か」

「左様にございまする」

「ははは、大きな図体をしておって、手先が器用なのだな」

「恐れ入りまする」

少々口が悪いらしい。

良く言えば、裏が無いということか。

聖護は続けて問うてきた。

「して、何をしに参ったのじゃ」

「お菓子をお作りいたしたく、参上つかまつりました」

「そんなことは頼んでおらぬぞ」

「岩井のご隠居からお話を承りました」

「岩井とは、御側御用取次を長らく務めし岩井信義どののことか」

「左様にございまする」

「そうか……して、岩井どのはご息災か」

「ご壮健であらせられ、手前の拵えし菓子をご賞味いただいております る」

十兵衛は平静を装って答えていた。

聖謨は正気だったが、少々惚けてはいるらしい。今し方、信義と十兵衛に会ったばかりなのを、きれいに忘れてしまっていたのだ。

これでは、幕臣としての再起は諦めさせたほうがいい。

たとえ野心がくすぶっていても、鎮めてやるのが本人のため。

ともあれ、話を続けてみよう。

十兵衛が問い返すより早く、聖謨は言った。

「岩井どのの眼鏡に適うたとなれば、そのほう、腕は確かだな」

「恐れ入ります る」

「儂の好きなものを拵えてくれると申すのか」

「ご遠慮なく、お申し付けくださいませ」

「ほほう、それはいいな」

聖謨は目を輝かせた。

「そのほう、腕は確かか」

「お任せくだされ」

同じ質問を繰り返されても、十兵衛は慌てない。答えを得るまでに時がかかる。今の聖護に好みの菓子をいちいち聞いても、熱々のものを振る舞うほうが話は早い。ならば論より証拠で、熱々のものを振る舞うほうが話は早い。

「されば左衛門尉さま、御前にて一品お作りいたしましょう」

「今ここで、か？」

「しばしお待ちくだされ。後ほど火鉢をお借りいたしまする」

一言断り、十兵衛は中座する。

必要な道具と材料は、屋敷の台所ですぐに揃った。

隠居部屋に戻ってみると、聖護が自ら鉄箸を取り、火鉢に炭を盛っている。

「苦しゅうない、任せておけ」

十兵衛に微笑み返し、火を熾《おこ》す手付きは慣れたもの。

「恐れ入りまする」

恐縮しながら、十兵衛は火鉢の前に陣取った。

台所から持ってきたのは、銅《あかがね》の卵焼き器。

熱したところに油を引き、薄めに溶いた小麦粉と卵を混ぜた液を流し入れる。

聖謨は興味津々。

「おお……」

しゃーっと焼ける音を耳にして、目を輝かせる様も微笑ましい。

十兵衛は巧みに菜箸を使い、薄焼きにした生地をひっくり返す。

小麦粉と卵を混ぜ合わせた生地には、ほんのり甘みが利かせてある。

焼き上がったのをくるくる巻き上げ、十兵衛は皿に載せる。

「お待たせいたしました。どうぞお召し上がりを」

それは信義からあらかじめ聞かされていた、聖謨の思い出話から考え付いた焼き菓子だった。

聖謨の父母は幼い頃から勉学熱心な息子を慈しみ、貧しい暮らしの中でも学問に励めるように、毎日の食事をしっかり摂らせていた。

そんな日々の中、聖謨は母親の拵える卵焼きが大好物だったという。

貧乏御家人の一家にとって、卵は高級食材である。可愛い息子のためを思っても頻繁に買い求めるわけにはいかない。そこで鶏卵ひとつを大きな卵焼きにするため薄く紙の如く伸ばし、端から巻いていくという方法を取っていた。

これは、菓子の作り方にも応用できるやり方だ。

溶き卵に小麦粉を混ぜることによって腹もちも良くなるので、間食としては申し分ない。中に具を挟むなり巻くなりすれば、さらに量感は増すことだろう。後の世のクレープを、十兵衛は川路家の思い出の一品から作り上げたのだ。

「うむ……うむ……母上の卵焼きを思い出すのう……」

懐かしげに目を細めながらぱくつく聖謨は、かつて信義に語った話が元になっているとは気付いていない。

十兵衛を連れてきたのが旧友の信義なのも忘れていたが、腕が確かなことは早々に信用していた。

四

それから十兵衛は川路家の屋敷に通い始めた。

聖謨が薄焼きを気に入り、毎日でも食べたいと言い出したからである。

さすがに日参するわけにはいかないため勘弁してもらったが、三日に一度は足を運ぶ約束をしないと聖謨は承知しなかった。

信義からは感謝されたが、十兵衛は今一つ、自分が役に立っているのかどうかを納得できかねていた。

才に恵まれ、勤勉でありながら幕政の中心から弾き出されてしまった、気の毒な人物の慰めになっているのは、間違いのないことである。

だが、これだけでいいのだろうか。

聖謨が再起できるように、もっと力になったほうがいいのではないか。

そんなことを考えると薄焼きを拵えている最中にも悩んでしまい、手先が狂って破れ目を作ってしまう。

予備の生地を糊代わりにして補修し、何事も無かったかのようにごまかせばいいことだが、考え事をしていて失敗すること自体が何とも嫌であった。

自分は何をしているのか。

何のために、わざわざ足を運んでいるのか。

このぐらい、家中の料理番にやらせればいいではないか――。

（いかん、いかん）

十兵衛は頭を振った。

作り手が萎えてしまっては、食べる人に失礼というものだ。

聖謨のことが、別に腹立たしいわけではない。

他ならぬ信義の頼みとなれば、無下《むげ》にはできかねる。

しかし、これでいいとも思えなかった。

今のままでは、聖謨は惚けたまま余生を送ることになってしまう。

薄焼き菓子の形と味わいは、懐かしい思い出に通じるもの。

八つ時に合わせて呼んだ十兵衛に拵えさせ、心地いい気分に浸って食べていれば落ち着く半面、頭はますます衰えてしまうに違いない。

このままでいいのか。

川路聖謨は、幕府にとっては有為の人材ではなかったのか。

いつまでも放っておかず、再起の場を与えるべきだ。

主家を退転して江戸に逃れ、市井の片隅で暮らす身で言えることではないのかもしれないが、そう思わずにはいられなかった。

（岩井のご隠居と今一度、お話ししてみるか……）

早くも通い慣れた道を辿りながら、十兵衛は胸の内でつぶやく。

ずっと陸路ではキツいため、新大橋から芝までは船を用いている。

そうしたほうがいいと信義が気を利かせ、懇意の船宿に猪牙《ちょき》を出してくれるようにわざわざ頼んでくれたのだ。

増上寺が立つ芝には、大名屋敷や大身旗本の屋敷が多い。

最寄りの麹町も一等地として知られており、この界隈に旗本が将軍家から屋敷地を与えられるのは、誉れと言っていい。

芝の河岸から愛宕下に出て、切り通しを抜ければ麹町は目の前だ。

日によって大降りしたり、小雨になったりと、空模様は毎日落ち着かない。

ここ数日は雨足もさほど強くないため、割と通いやすかった。

だが、今日はいつもと様子が違った。

愛宕下まで来たところで、急に呼び止められたのだ。

「待て」

行く手に立ちはだかったのは、まだ若い武士だった。

色白で耳が大きく、気品と教養を感じさせる。悪党には見えない。

それでいて、態度は尊大だった。

「笑福堂とか申す甘味屋は、そのほうか」

「左様にございますが」

「ふん……噂には聞いておったが、随分と大きいな」

「六尺には足りておりませぬが」

「黙り居れ。俺より背が高いのが、気に食わぬのだ」

苛立《いらだ》たしげに十兵衛を見上げ、武士は言った。

何故かは分からぬが、喧嘩を売りたいらしい。

腹立たしいのはこっちだが、迂闊に買うわけにはいかなかった。

聖譲は今日も十兵衛の薄焼きを心待ちにしている。今後のことはどうあれ、行くと約束したからには期待を裏切りたくはない。

先を急ぐ身で、無駄な争いは避けたい。

しかも、この界隈は武家の一等地。

十兵衛も士分とはいえ、今は町人態で暮らす身だけに、自ずと立場は弱い。揉め事を起こせば悪者扱いをされた上、辻番所であれこれ詮議をされかねない。

敵対する下村藩に身分を証明してもらうわけにはいかないし、信義の名を出せば何故に麴町へ差し向けられたのかと勘繰られ、訪問先が川路家であることまで白状せざるを得なくなってしまう。

つまらぬ喧嘩ひとつで、皆に迷惑をかけたくはない。

となれば、三十六計を決め込むまでだ。

「御免」

一言告げるや、だっと十兵衛は走り出す。

傘を放ったのは、相手の気を逸らすため。

「うぬっ」

怒号を上げたときには、もう遅い。

若い武士を出し抜いた十兵衛は、愛宕山の石段を一気に駆け昇っていく。

俊足の上に足が長いので歩幅も大きく、とても追いつけるものではない。

「おのれ……！」

武士は苛立たしげに吐き捨てる。

十兵衛の姿は見る間に遠ざかって行った。

「おお、待ちかねたぞ」

いつもより少し遅れて到着した十兵衛を、聖謨は嬉々として迎えた。

ご大身の隠居が自ら玄関まで出てくるなど、本来は有り得ぬことである。

家中でも止めたいはずだが、好きにさせるより他にない。十兵衛に相手をさせて気が落ち着くまでは放っておこうと決め、さとは奉公人たちに見て見ぬ振りをするように申し付けていた。

「何じゃ、随分と濡れておるのう」

「申し訳ありませぬ。無用の争いを避けたく、やむなく三十六計を決め込みまして……」

「喧嘩か」

「はい」

「ふん、だらしないのう」

聖謨は鼻で笑った。

珍しく、惚けた様子を感じさせない。

「そのほうも男ならば、売られた喧嘩ぐらい買うてやれ」

「されど、相手はお武家にございました故」

「ふん、おぬしとて武士であろうが？」

「…………」

十兵衛は言葉に詰まった。

詳しい出自は、まだ明かしていない。

一人の甘味屋として接し、役目を全うしたいと思えばこそだったが、なぜか聖謨は十兵衛の身分を見抜いていた。

「何故、手前が士分とお分かりになられますのか」

「ふん、腰の据わりを見れば一目瞭然じゃ。おぬし、かなり遣えるのであろう」

「は……」

「だが、儂の孫には敵うまいよ」

「お孫さま、にございますか？」

「太郎と言うてな、儂の自慢の初孫よ」

誰も居ない玄関で、聖謨は胸を張ってみせた。

「昔は可愛いばかりであったが、いつの間にか大きゅうなり、この儂を叱り付けるまでになりおったのだ。ははは、大したものよ」

自嘲ぎみにうそぶくのを、十兵衛は黙って聞いていた。

本心ではあるまい。

孫を可愛いと思う気持ちは事実でも、なじられたのは堪えたはず。

もしや、そのことが惚けた真の理由ではないのか。

そう感じ取ると同時に、十兵衛は人の気配を察知した。

何者かが、二人のやり取りを盗み聞いている。

「どうした、まだ話は終わっておらぬぞ」

「失礼」

一言告げるや、だっと十兵衛は跳んだ。

式台を飛び越えて、一気に玄関に降り立ったのだ。

慌てたのは、隠れていた若い武士。

「わっ、わっ」

逃げ出そうとする腕を取り、逆に捻じ上げる。

往来ならば障りもあるが、ここは屋敷内。

まして勝手に忍び込んだのを捕らえるのに、遠慮も何も要りはしない。

「ううっ……」

「曲者め、観念せぃ」

鋭く告げつつ、十兵衛は力を込める。

そこに聖謨が割り込んできた。

「うぬ、儂の孫に何をいたす！」

「お孫さま……にございますか？」

「その手を離さぬか、無礼者めっ！」

戸惑う十兵衛を引き離し、聖謨は若い武士を助け出した。

「大事ないか、太郎」

「……………」

若い武士は答えない。

ぶすっと黙り込んだまま、締め上げられていた腕をさするばかり。

礼を言うどころか、目も合わせようとせずにいた。

十兵衛は、そのまま屋敷から追い出された。
「うぬの菓子など無用じゃ！　二度と顔を出すでないぞ！」
聖謨が覇気を取り戻したのは喜ばしい。
しかし、訳が分からぬままで退散するわけにはいかない。
十兵衛が頼まれたのは、聖謨を元に戻すこと。
一時だけの空元気では、意味が無い。
誰に子細を尋ねるのかは決まっていた。
十兵衛は再び屋敷に忍び込んだ。
さとには断りを入れた上のことである。
怒った聖謨は隠居部屋に戻り、幸いにもふて寝をしてしまったとのこと。
かくして向かった先は、聖謨の可愛い初孫——川路太郎の私室であった。
このところ、ずっと太郎は屋敷を空けていた。
さとの話によると十兵衛が通い始める直前から屋敷を飛び出し、友人のところを泊まり歩いていたらしい。

恐らく原因は祖父を罵倒し、惚けさせた責任に耐えかねてのことだろう。

逃げ出したのは感心できぬが、多少なりとも責任を感じているのであれば、問い詰める値打ちもある。

そのためには、少し懲らしめてやらねばなるまい――。


「な、何じゃ、おぬしは!?」

訪いも入れずに障子を開けた十兵衛に気付くや、太郎は飛び上がった。

「待たれよ、太郎どの」

逃げ出そうとするのを制止する、十兵衛の口調は重々しい。

もはや甘味屋のあるじを装うこともなく、武士として振る舞っていた。

「な、何者だ、おぬしは」

「小野十兵衛にござる」

「ふん、大層な名前だな」

太郎は鼻で笑った。

顔立ちだけでなく、こういうところも祖父と似ている。

十兵衛は機敏に間合いを詰めた。

「御免」

一言告げると同時に、がっと畳の上に押さえ込む。

瞬く間に制圧された太郎は、身動きが取れなくなっていた。

「うう っ……」

「こちらは真面目に話をしておる。ふざけるのは止めていただこうか」

「す、すまぬ」

「素直なのは良きことだ、太郎どの」

「褒めてくれるのならば、早う放してくれ」

「そうは参らぬ。拙者はおぬしを懲らしめに参ったのだ。断っておくが、これはお祖母《ばあ》さまもご承知の上ぞ」

「そ、そんな……」

太郎の顔から血の気が引いた。

十兵衛が本気で締めたわけではない。

さとに見放されたと思い込み、絶望したのだ。

むろん、そんなことまで十兵衛は許可されていない。

さとからは聖謨が気付かぬように屋敷内に再び立ち入り、孫と直に話しても良いとしか言われていない。

あくまで独断だったが、敬うべき祖父を罵倒したお仕置きとして、このぐらいはやってもいいだろう。

今や太郎は完全に怯えきっていた。

十兵衛は、あくまで静かに問いかける。

「止めてほしくば約束せよ」

「な、何をだ」

「拙者の問いに、包み隠さず答えるのだ」

「し、承知」

襟首を締め上げられた太郎は、苦しげに呻く。

勘定奉行まで勤め上げた傑物の孫にしては頼りない限りだったが、これが今どきの若者と言うべきか——。

ともあれ、話を聞くのが先である。

十兵衛は気を失った太郎を抱え起こす。

先程もだが、骨まで響くほど痛め付けてはいない。

「しっかりせい」

軽く活を入れてやると、太郎はすぐに息を吹き返した。

十兵衛は女中を呼び、水を汲んでもらった。

「まずは息を整えよ。話はそれからで構わぬ」

介抱しながらも、態度は変えない。

無礼がすぎるとは思ったが、生意気盛りの若者を素直にさせるには強く出ることも必要だろう。

まして太郎は祖父を罵倒し、覇気を失わせた張本人。

逆に言えば、太郎次第で再びやる気を取り戻す可能性も高い。

聖謨が再起の一念に燃えすぎるのも家中の人々にとっては難儀だろうが、惚けてしまうよりは遥かにいい。

未だ腑甲斐ない孫のために、手本として強気であってほしい。

そんな聖譲のためにこそ、菓子作りの腕を振るう甲斐も有る。

黙って十兵衛が見守る中、太郎は気まずそうに水を飲み、息を整えていた。

「そろそろ良いか」

太郎は黙ってうなずいた。

「されば話してもらおうか。おぬし、何故に祖父御を悪しざまに言うたのだ」

「………」

「疾く答えよ」

「……のだ」

「は？」

「腹に据えかねた……のだ」

「祖父御の何が、気に食わなんだのか」

「何もかもだ。おぬしには分からぬだろうがな」

太郎は忌々《いまいま》しげにつぶやいた。

「お祖父《じい》さまは、己の都合の良いときにしか人と交わろうとせぬ。孫のことも幼い頃は猫可愛がりしておいて、大きゅうなったらほったらかしよ。それでいて、己の出世には老いてもこだわり、周りがうんざりするほど思うところを言い立てる……故に俺は堪りかねて、言うてやったのだ。あんたに人形扱いをされるのは、みんな御免のはずだとな。だからお祖父さまに手を貸すおぬしも気に入らなかった」

十兵衛は黙って耳を傾けていた。

酷いことを言ったものだが、気持ちは分からなくもなかった。

十兵衛の父親にも、似たようなところがあったからだ。

聖譲に限らず、仕事に情熱を傾ける人間は家族との付き合い方が下手なもの。閑《ひま》なときや寂しいときは構いたがる半面、多忙になれば一顧だにしない。

事実、末っ子の十兵衛は長じてからはほとんど相手にされず、少年の頃から小野家の本分ではない菓子作りに熱中し始めたのも、そんな寂しさを埋めるためと料理のことしか頭に無い父への反抗心が半々だった。

そこまでではないにせよ、太郎にも複雑な想いがあるらしい。

幼い頃には可愛がるだけ可愛がられ、後は構ってもらえなかったという言い分も当人の身になって考えれば、至極もっともなことだった。

だが、このまま対立させてはおけない。

「甘えてはならぬぞ、おぬし」

十兵衛は、じっと太郎を見返した。

睨み付けて威嚇したわけではない。

眼差しに共感を込め、親身になって語りかけたのだ。

「来年には嫁を迎えるのであろう？　祖父御と和解できず、このまま気まずい想いを抱えておっては、人の親になってはなるまいぞ」

「何故だ」

「子は親の背中を見て育つだけに非ず。おぬしとて、祖父御に学ぶところはあったはずだぞ」

「…………」

「悪いことは申さぬ。潔う詫びを入れ、婚礼を祝してもらうのだ」

「……何とすれば良いのだ、教えてくれ」

「承知した。されば、おぬしが幼き頃に最も好んだ菓子を教えよ」

「えっ？　お祖父さまのために拵えてくれるのではないのか？」

「分からぬか。可愛い孫の好んだ一品は、祖父御にとっても思い出の味のはずぞ」

十兵衛はそう確信していた。

五

かくして拵える運びとなったのは、こんぺいとう。

簡単なようでいて、拵えるのに骨が折れる菓子である。

まず甘露蜜に小麦粉を加え、炒った芥子《けし》の実を入れてかき回す。

そして鍋を回転させながら、こんぺいとうの種となる芥子つぶに熱した蜜液を辛抱強くかけ続ける。

手間と時のかかる作業に取り組む、十兵衛は真剣そのもの。

孫との思い出を彩るこんぺいとうは、聖譲にとって宝玉に等しいはず。

わずかでも手を抜いてはなるまい――。

入魂の仕上がりとなった砂糖菓子を、十兵衛は満を持して味見してもらった。

「智音さま」

「なーに？」

「これをお召し上がりくだされ」

懐紙にまとめて載せたのを、智音は黙って受け取った。

まずはひと粒、薄紅色のをつまみ上げて口に入れる。

こりこり、こりこり。

口の中で噛み砕く音が頼もしい。

だが、味に対する感想は出てこなかった。

代わりにもうひと粒、黙って手に取る。

今度は色を付けていない、白いのを選んでいた。

じっと眺める視線が、何とも愛らしい。

珍しく、その日は晴れていた。

五月晴れの陽光が窓越しに射している。

智音は、その陽射しに透かそうと試みた。

白では輝きが足りないと気付くや懐紙に戻し、今度は黄色に青と、いろいろ試し始める。もはや、口には入れようともしない。

明らかに、食べるよりも眺めることに興味を示している。

十兵衛が小さいときには口に放り込んでゆっくりと舐め、表面の粒々が少しずつ溶けていく感触を楽しんだものだが、智音は違うらしい。

それは太郎から聞き出した、幼い頃の思い出とまったく同じ反応だった。

満を持して十兵衛が取り出したのは、ギヤマンの小瓶。太郎が押し入れの奥から探してくれたのを、借りてきたのだ。

「智音さま、どうぞ」

「わぁ、きれい！」

たちまち智音は歓声を上げた。

十兵衛が陽射しにかざした硝子の瓶は全体で光を受け、中に詰めたこんぺいとうのひと粒ひと粒をきらめかせていた。

菓子にまつわる記憶とは、味だけとは限らない。

こうした眺めもまた、大事な思い出の一部となっているはずである。

ひとしきり智音を楽しませた後、十兵衛は改めてこんぺいとうを瓶詰めにした。

後は太郎が真剣に詫びを入れ、傷付けた祖父の心を砂糖菓子の如く癒すのみだ。

「孝行は生きておるうちにするものぞ、太郎どの……」

自分と同じ後悔をさせたくない。

そんなことを想いながら十兵衛もひと粒、口に含む。

作業を手伝ってくれていた遥香も、薄紅色のをつまみ上げた。

こんぺいとうをしゃぶっていると、人は気分が安らぐ。

「幼き頃を思い出しますね」

「はい……」

十兵衛も遥香も、揃って穏やかな面持ちになっていた。

第四章　じゃがまん

一

昼下がりの東海道を、十兵衛が独り行く。

手甲脚絆《てっこうきゃはん》を着け、草鞋《わらじ》を履いた旅装束。

荷物は風呂敷にまとめて斜めに背負い、木綿の着物の裾をはしょって、長い脚を剝き出しにしている。

文久二年（一八六二）の七月八日は、陽暦ならば八月三日。

すでに梅雨は明けて久しく、昨日は七夕だった。

七夕を過ぎれば暦の上では晩夏となるが、まだまだ暑さは厳しい。

日除けの菅笠《すげがさ》を目深に被り、十兵衛は先を急ぐ。

並木の下では、旅人たちが腰を下ろして休憩中。

海沿いの街道は照り返しがきつい半面、穏やかに吹き寄せる潮風が心地よく涼を誘ってくれる。

十兵衛もひと休みしたいところだが、日が沈む前に横浜の居留地に入らなくてはならない以上、のんびり構えてはいられない。

今度の横浜行きは、エルザに呼ばれてのことだった。

去る二月の献上菓子が評判となって以来、笑福堂の商いはますます好調。

もはや出稼ぎに行く必要など皆無だが、苦しいときに助けてくれた恩人の頼みは断れない。

詳しいことは知らされていなかったが、わざわざ自腹を切ってまで、路銀を先に送ってきたからには、よほど大事な用件と見なすべきだろう。

エルザ・ハインリヒは、やり手の女商人だ。

安政六年（一八五九）の横浜開港と同時に居留地で商会を構えて、舶来品の販売を手がける裏では、用心棒で拳法使いの王《ワン》を使い、荒くれの船員が引き起こす喧嘩騒ぎを収めたり、攘夷派浪士の襲撃から同朋たちを護っている。

一方では日本人に味方することも忘れず、がらくたを珍品と偽って売りつける詐欺を懲らしめたり、日本の商人相手に未払いや踏み倒しを決め込む白人の交易商から厳しく代金を取り立てるなどして、手広く稼ぐやり手であった。

十兵衛がエルザと出会ったのは、ちょうど一年前のこと。

その頃は悪い心に支配されていた和泉屋仁吉の嫌がらせを受け、とうとう商いが立ち行かなくなった末、遥香と智音を食わせるために新興地の横浜へ出稼ぎに来たのが知り合うきっかけだった。

エルザは十兵衛の剣と柔術の腕を見込んで二人目の用心棒に雇い、過分な報酬を払ってくれたばかりか、西洋菓子の作り方まで教えてくれた。

あのとき救いの手を差し伸べてもらえなければ笑福堂は潰れてしまい、一家三人路頭に迷って、今頃どうなっていたか分からない。

青い目の恩人に感謝する気持ちは遥香も同様で、余計なことを言わずに十兵衛を快く送り出してくれた。

以前と違って、留守中のことも心配するには及ばなかった。

下村藩邸にこのところ目立った動きは無かったが、万が一のことに備えて美織と甚平が目を光らせてくれている。

笑福堂の商いは十兵衛が不在の間、仁吉が助けてくれることになっていた。情けは人のためならずとは、よく言ったものである。

去る二月に献上菓子の出来を競って勝利した十兵衛は、仁吉を許した。さんざん嫌がらせを受けてきたのを水に流し、これからは真っ当に競い合っていこうと呼びかけて、悪しき心に支配されていた仁吉の目を覚まさせた。

以来、笑福堂と和泉屋の関係は良好そのもの。

このたびも事情を知らされた仁吉は抱えの職人を日替わりで寄越《よこ》し、十兵衛が帰るまで評判を落とさぬのはもちろんのこと、もっと売れるようにしてやるよと笑顔で請け合ってくれた。故に心置きなく、横浜を目指して旅立つこともできたのだ。

とはいえ、誰からも邪魔されなかったわけではない。

最後まで十兵衛を行かせまいとしたのは、何と智音。

エルザの一人娘のジェニファーにまた会いたいとせがみ、連れて行ってと大泣きするのを置いてきたのは、止むなきことだった。

子ども連れでは思うように先を急げぬし、居留地の周辺には異国の人々を夷狄《いてき》と呼んで忌み嫌い、隙あらば討とうとする浪士たちがうろついている。

彼らにとってエルザと王は目障りな存在であり、かつては十兵衛も雇われ用心棒だったと分かれば危害を加えてくるのは必定。腕に覚えの十兵衛だけに後れを取りはしないが、智音が一緒に居ては戦いにくいし、つまらぬ騒ぎに巻き込んで怪我をさせたくはなかった。

何よりも、幼い心を傷付けたくなかった。

異人に対する偏見など、智音は微塵も持っていない。まだ幼いが故に純粋な少女にとっては白い肌も青い瞳もただただ美しく、自分より小さいジェニファーは天使の如く愛らしい存在だからだ。

むろん、異人にも悪党はいる。

かつて十兵衛が王と一緒になって懲らしめた連中は、日本人を猿同然としか見なしておらず、騙したり裏切ってても罪の意識を持つには及ばないと考える、ふざけた輩ばかりだったものだ。

だからと言って、無闇に斬り殺してよいという法はあるまい。

どこの国にも人として許せぬ奴はいる。

しかし、異人だから悪いとは限らない。

髪や肌の色、話す言葉が違っていても、信頼の置ける相手にはしかるべく敬意を払い、誠を尽くすべきだろう。

智音は幼いながらも見る目がある。

異人の娘を可愛がり、何の敵意も持ってはいない。

思うところは十兵衛も同じだった。

エルザも王も、小さなジェニファーも、十兵衛にとっては無下にできない相手。

何か困っているのであれば、できる限りの役に立ちたい。

そう思えばこそ、また横浜にやって来たのだ。

二

日が西に傾く中、十兵衛は先を急ぐ。

程なく、行く手に大きな古木が見えてきた。

生麦村に入ったのだ。

村と言うより、雰囲気は町に近い。

入口の辺りこそ枝を拡げた大木ばかりが目立っていたが、先に進むにつれて商家が増えてくる。富士山と相模湾が同時に一望できて、眺めもいい。

軒を連ねる中には、茶店もあった。

旅先で目にすることの多い、葦簀《よしず》張りの店とは違う。

街道に面して幾つも床机《しょうぎ》が並び、茶立女たちが盛んに客を引いている。

たちまち十兵衛も目を付けられた。

「あら、容子《ようす》のいいお兄さんが来なすったよ」

「ほんとだねぇ。背はあんなに高いのに、可愛い顔をしてるじゃないか」

「ちょいとちょいと、よってらっしゃいな～」

女たちの嬌声は、宿場町の飯盛女さながら。

十兵衛は脱いでいた菅笠を再び被り、足を速めた。

茶店に限らず、煮売屋や荒物屋にも客が大勢入っていた。

通信用の伝馬や人足を手配する問屋場まであり、まさに宿場そのものだが、ここは立場《たてば》と呼ばれる街道筋の休憩地点。栄えていながら旅籠が見当たらぬのは、旅人の宿泊が禁じられているからだ。

それでも、生麦村から宿場町さながらの賑わいが絶えることはない。

あと半里（約二キロメートル）も行けば、神奈川宿に到着する。

そこまで行けば、居留地は目の前だ。

「日が沈む前に関門を抜けられそうだな……」

十兵衛は安堵した様子でつぶやいた。

エルザが暮らす横浜の居留地に入るためには、関門と呼ばれる木戸をまずは通らなくてはならない。

居留地を含む開港場《かいこうじょう》の一帯は天然の堀である川に囲まれ、すべての橋には関門が設けられ、外部との行き来が規制されていた。

開港と同じ安政六年に幕府は神奈川奉行所を新設し、武士は身分を証明する手形なしでは通過できない関門の番をさせる一方、外国人が居留地の十里（約四十キロメートル）四方から外に出るのを禁じていた。すべては開港直後から頻発した異人斬りを防ぐためで、神奈川奉行は配下の同心たちに持ち場を分担させ、江戸市中の見廻りさながらに、日々警戒を怠らずにいる。

そんな努力の甲斐あってか、このところ横浜周辺で異人斬りは起きていない。

だが、どこにでも血の気の多い輩はいるものだ。

「待たぬか、うぬ！」

村を出て早々に十兵衛を呼び止めたのは、みすぼらしい浪人だった。

被っていた深編笠を放り捨て、見せた顔は髭だらけ。

善くも悪くも志を持って脱藩した身にしては、たたずまいに品がない。こちらに向けた目も澄んでいるどころか、ぎらぎらしていて禍々《まがまが》しい限りであった。

「うぬっ、あの折はよくもやってくれたな。ここで会うたが百年目、思い知らせてくれようぞ！」

「…………」

十兵衛は無言で浪人を見返す。

相手の悪人面《づら》は、よく覚えていた。

その浪人は横浜で荒稼ぎしていた、悪徳商人の用心棒だった。

扱っていたのは、外国ではありふれたガラスの空き瓶。

ごみ同然の代物を貴重なギヤマンと称し、舶来品と名が付けば何でも有難がって手に入れようとする、無知で金払いのいい客に高値で売りさばく輩は数多く、被害は後を絶たなかった。

すべての悪党をまとめて懲らしめるわけにはいかずとも、ひとつの徒党を潰せば見せしめになり、少しは自重するのではないか――。

そう考えたエルザは十兵衛と王に命じ、商会の客を食い物にしていた悪徳商人の一味を始末させたのだ。

親玉の商人と奉公人はまとめて神奈川奉行所に突き出したが、用心棒の浪人だけは逃亡したままになっていた。

それにしても、急いでいるときに出て来るとは間が悪い。

しかも、浪人は雇い主の意趣返しをするために現れたのではなかった。

「うぬらが余計な真似をしてくれたおかげで、俺は金づるを失うたのだ。この埋め合わせはしてもらうぞ！」

「…………」

十兵衛は溜め息を吐く。

手前勝手な言い種には、呆れるしかない。

敢えて争う気もなかった。

相手に望むのは、邪魔をしてほしくないということのみ。

「どうした、かかって参れ！」

動かぬ十兵衛に苛立ち、浪人は吠えた。

仕返しをしなくては、気が済まないらしい。

すでに日は沈みつつある。

生麦村の賑わいから少し離れただけなのに、辺りは静まり返っている。

どうあっても退散してくれぬとなれば、相手をしてやるしかあるまい。

十兵衛は風呂敷包みを背中から下ろし、脇に置く。

身軽になるまで視線を離さず、相手の動きを目で制していた。

もとより丸腰の十兵衛だが、腕に覚えの柔術を以てすれば、浪人一人を制するぐらいは容易いはず。

だが、敵は意外にも腕利きだった。

鞘引きも十分に抜き打った刃が、ぶわっと十兵衛に迫る。

帯刀していれば弾き返すこともできたが、こちらは丸腰。

「む！」

とっさに十兵衛は上体を反らせた。

鼻先すれすれに、刀勢の乗った斬撃が行き過ぎる。

返す二の太刀も動きが速い。

続けて跳んだ十兵衛の袖を、鋭い刃が切り裂いた。

これほどの腕を持ちながら、性根が腐っているとは悲しいことだ。

武芸者としての在り方に、当の浪人は何の疑問も抱いてはいない。

「往生せい、うぬ！」

割りのいい仕事先を潰した十兵衛を怒りの赴くままに斬り捨てることしか、今は頭に無いらしい。

もはや戦いは避けられそうになかった。

三

相変わらず、人通りは絶えたまま。

無人の街道で争う二人を照らしながら、日はゆるゆると沈みゆく。

と、そこに馬蹄《ばてい》の響きが聞こえてきた。

現れたのは、駿馬に乗った若い白人。

細面にたくわえた髭も、長めの髪も、風に煽《あお》られて乱れまくっている。

馬を乗りこなせていないのだ。

その白人は懸命に手綱を握り、振り落とされまいと頑張っていた。

華奢そうに見えて、袖をまくった腕は太い。

身の丈も十兵衛より遥かに高く、優に六尺を超えていた。

しかし馬に比べれば、人の力などたかが知れている。

どんなに踏ん張ったり力んだところで簡単に止められるはずもなく、日暮れ時の街道を暴走し続けるばかりであった。

黒い駿馬が十兵衛と浪人に迫り来る。

馬蹄の響きと荒い息が、すぐ間近で聞こえた。

迫る熱気も凄まじい。

「わわっ!」

堪らずに浪人が跳び上がった。

思わず体勢が崩れ、刀の柄から左手が離れる。

その一瞬を十兵衛は見逃さなかった。

柄を握った右手を上から掴み、そのまま関節を締め上げる。

「ううっ！」

堪らずに刀を取り落とした次の瞬間、だっと十兵衛は地を蹴った。

「ぐ……」

鈍い音に続き、浪人が苦悶の声を上げる。

十兵衛が体重を乗せて押さえ込んだのは、敵の右腕を砕くためだった。

抜き打ちの生命は鞘を引く左手だが、右手も使えなくては十分な威力を発揮するには至らない。

非情な攻めは、これから先もろくな真似はしないと見なせばこそ。

くだらぬ悪事にしか用いぬ技ならば、いっそ封じたほうが世の中のためになるというものだ。

「命までは取らぬ。いずこへなりと去るがいい」

「お、おのれ……」

浪人がよろめきながら逃げていく。

拾った刀は鞘に納めることができず、左手にぶら下げたままだった。

あれではすぐ役人に見咎められ、連行されて旧悪を暴かれるのは必定。

後のことは、御上に任せておけばいい。

「ふぅ……」

安堵の息を漏らしつつ、十兵衛は視線を巡らせた。

白人は馬上から転げ落ち、だらしなく伸びてしまっていた。

馬はと見れば、呑気に街道脇の草など食《は》んでいる。

苦笑しながら、十兵衛は白人に歩み寄った。

抱え起こして背中に廻り、活を入れる。

「大事ござらぬか」

「あ……ありがとう」

意識を取り戻した白人は、ぎこちなく礼を述べた。

気が動転しているというよりも、まだ日本語が不得手であるらしい。

ともあれ、怪我がないのは幸いだった。

馬のほうも十兵衛が見たところ、変わった様子はなさそうだった。

いかにも元気そうな牡馬で力は有り余っている様子であるが、幸い人には慣れている。後で分かったことだが、競馬を催すために横浜に集められたうちから、払い下げてもらった一頭であった。

試しに十兵衛が乗ってみても、暴れはしなかった。

とっとっとっと、軽やかな常足《なみあし》であるじのところまで戻って来る。

しかし、まだ白人は怯えていた。

「さ」

「Oh……」

十兵衛に促されても、手を伸ばすことができずにいる。

落馬したことで気後れしてしまい、思うように動けないのだ。

見かねた十兵衛は、そっと手綱を取る。

「さ、お乗りなされ」

「………」

「拙者がこうしておれば暴れはせぬ故、ご安堵なされよ」

難しい言葉は分からずとも、意味は伝わったらしい。

怯えながらも、白人は何とか鞍に跨《また》がった。

チャールズ・レノックス・リチャードソン、二十八歳。

昨年にエルザがティーパーティーを催した折、客として招かれていたのを十兵衛は思い出していた。

たしか上海に商会を構えており、王の話によると時々お忍びで横浜に渡って来てはエルザと会っているという。

(ボスの想い人となれば、無下にはできまい)

十兵衛が丁重に接したのも、そんな配慮があればこそ。

それに、今や命の恩人でもある。

あのまま浪人と渡り合っていれば、十兵衛も無傷では済まなかっただろう。

命は取られぬまでも刃を受けてしまい、またしても菓子作りに不自由をする羽目になっていたかもしれない。

そう思えば、満足に乗れもしない駿馬を駆り、居留地を離れたリチャードソンの無謀さを笑う気にはなれなかった。

とりあえず、十兵衛は生麦村に取って返した。

どのみち泊まることはできないが、居留地に戻る前に休憩させる必要がある。

馬には飼葉《かいば》と水を与え、リチャードソンにも茶店で何か食べさせたい。

しかし、茶立女たちは異人に慣れてはいなかった。

怖々《こわごわ》と見やるばかりで、誰も近付こうとしない。

茶店のあるじの態度は、もっと露骨であった。

「そろそろ店じまいにしたいんですがねぇ、お客さん……」

十兵衛に告げる口調は冷たく、リチャードソンのことは見ようともしない。

ただ一人気遣ってくれたのは、まだ若い茶立女だった。

「こんなものしかありませんけど、いかがですか」

申し訳なさそうに告げながら供してくれたのは、茹でたじゃがいも。

じゃがいもは日の本ではじゃがたらと呼ばれ、八代吉宗公の時代に甘藷《かんしょ》（さつまいも）が普及する以前から食されていた。

好意は有難いが、食事代わりにしては粗末なものである。

ましてて相手は若いとはいえ、誇り高いと言われるイギリスの紳士。

見向きもしないのではないかと思いきや、リチャードソンは目を輝かせた。

「おいしい、おいしいです」

たどたどしくも喜びの言葉を連発し、嬉々として頬張る姿に、茶店の人々も気を許したらしい。

「よく見りゃいい男じゃないか。髭も貫禄があっていいねぇ」

「形《なり》は大きいけど、じゃがたらに夢中になるなんて可愛いもんだね。まるで子どもみたいじゃないか」

「あたしのお茶、飲んでくれるかなぁ」

「あんたはどいてな、あたしが立てて差し上げるんだから!」

と、さっきの若い茶立女が茶碗を二つ運んできた。

いかにも大人しそうでいて、口やかましい先輩たちを涼しい顔で平然と出し抜くとは度胸がいい。

飲み頃に加減された茶は熱すぎることもなく、取っ手のない碗に不慣れな異人が手にしても取り落としはしなかった。

「ありがとう」

リチャードソンは嬉しげに茶を啜る。

度胸のある娘の親切に感じ入りながら十兵衛も相伴《しょうばん》し、勘定を済ませた。

「おじょうさん、お名前はなんというのですか」

「すえと申します」

「おいしかったです。す……スーさん」

別れ際に笑顔で告げて、リチャードソンは茶店を後にする。

後に続きながら、十兵衛は思った。

(ふっ、無邪気さこそ至高の人徳ということだな)

誰もが異人を受け入れ、親しく接してくれるわけではない。

すえが動くまでのような反応が、むしろ多いのを十兵衛は知っていた。

日の本の民と似た顔立ちの清国人はともかく、白人を気味悪がり、赤鬼呼ばわりする者は少なくない。

有り体に言えば、忌み嫌っていた。

弱い民ほど、厳しい真似をしがちなものである。

先年に異人向けの廓《くるわ》として横浜に設けられた港崎《みよざき》遊郭の遊女たちや、らしゃめんと呼ばれる妾のことまで人々は敵視して止まず、街道筋の茶店では飲んだ後の碗をすぐさま割ってしまったりするほどだと十兵衛は耳にしていた。

だがリチャードソンはそんな冷たい仕打ちを受けることもなく、にこやかに茶店から送り出された。

理由は、単に美男子だからというだけではあるまい。

邪気のない振る舞いは国の違いを超えて、接する者を安心させてくれる。

しかし多くの異人、とりわけイギリス人は不愛想だ。

親しくなれば変わるのかもしれないが、少なくとも初めて顔を合わせた日本人に親愛の情など示してくれない。

思えば十兵衛を見出し、用心棒に雇い入れたときのエルザもそうだった。

イギリス人は黄色人種を劣った存在と見なす一方、相手の強さと誇りに対してはきちんと敬意を示してくれる。

エルザは十兵衛の腕を買い、それに見合うと判じた報酬を与えてくれた。

初めは女と思えぬほどに無愛想だったが、むやみにこちらを貶《おとし》めるような真似はせず、次第に笑顔も見せるようになってきた。

慣れるまで時間がかかる、という次元の話ではない。

こちらの値打ちをまずは見込んで探りを入れ、本物と分かれば対等とは行かないまでも同じ人間とし、敬意を払うに至るのだ。

段階を踏まねばならないのは面倒だが、それが流儀ならば止むを得まい。

だが、リチャードソンの態度は違う。

十兵衛ばかりか、すえら茶店の人々にまで惜しみなく笑顔を振り撒き、お高く留まったところなど皆無であった。

イギリス人、しかも英国紳士と呼ばれる誇り高い面々の中にも、気さくな人物が存在したのだ。喜ばしいことと言えよう。

居留地で暮らす異人がみんな同様にしてくれれば、夷狄憎しの一念に凝り固まる浪士も情にほだされ、誰彼構わず斬ろうとしなくなるのではあるまいか。

そうなってくれればいいと、十兵衛は願わずにいられない。

(五郎《ごろう》どのも考えを改めてくれたしな……元気でやっておるだろうか)

横浜で待つ友に思いを馳せながら、再び手綱を取る。

空腹を満たしたリチャードソンは、先程より動きがいい。まだ独りで操れる段階ではないが、飼葉と水で落ち着いた馬はもはや暴れなかった。

夜道を行く歩調は常足。馬蹄の響きも、今度はぽくぽくと微笑ましい。

リチャードソンが笑顔で言った。

「いろいろありがとう、ジュウベエさん」

「何程のこともござらぬ。こちらこそ、向後もよしなに願いますぞ」

茶店で借りた提灯を片手に、十兵衛は微笑み返す。

行く手に灯台の光が見えてくる。

懐かしい港町まで、あと少しだった。

四

しばらく見ぬ間に、居留地とその周辺は着々と開発が進んでいた。

商会の数は増え、新たなホテルも建設中。

そんな中、エルザの商いも順調であるらしい。

年下の恋人を作ったことも、元気の源になっているのだろう。

エルザは常の如く、自ら玄関まで出てきて迎えてくれた。

「よく来たね、ジュウベエ……！」

と、慌てて顔を引っ込める。

表でリチャードソンが馬を停めているのに気付いたのだ。

「生麦村の近くでお会いいたした」

「そうなのかい？」

「ボスに挨拶《あいさつ》したいと申される故、ご同道いたしたのだが……」

「……分かったよ。入れてあげな」

エルザは続けて言った。

「ねぇ、ジュウベエ」

「何でござるか」

「すまないけど、着替えたらserve……きゅうじをしておくれ」

「給仕？」

「何も食べさせずに帰すわけにはいかないだろ。あたしはこれでも女なのだよ」

「し、承知つかまつった」

料理役を受け持ったのは王だった。

上海生まれの王は、十兵衛が雇われる前からエルザに仕える身。買弁《ばいべん》と呼ばれる通訳には及ばぬまでも英語に堪能で、イギリス風の料理法も幾つか心得ている。

取り急ぎ支度したのは、フィッシュケーキ。

ケーキと言っても、甘い菓子ではない。

茹でてつぶしたじゃがいもに焼いた魚のほぐし身を加えてよく混ぜ、味と形を調えて揚げ焼きにした、イギリス人好みの軽食である。

こんがり焼き目がついた上から絞りかけたのは、レモン代わりの柚子。

手早く仕上げたのを皿に盛り、王は二つに切ったパンを添える。

自分で挟んで食べてもらえるように盛り付けることで、少々手を抜いたのだ。

「時は金なりと言うのだろう、十兵衛」

「うむ」

「せっかく早ごしらえしたのだ。ほら、さっさと持っていけ」

うなずく十兵衛に皿を渡し、王は微笑む。

こちらも最初はエルザに劣らず、甚《はなは》だ不愛想だったものである。

やはり、リチャードソンは誰にでも愛想がよすぎる。

しかもマナーが余りよくないことに、十兵衛は気付いた。

それはエルザも同席した夜食の席で、給仕を始めて早々のこと。

年上の彼女に明るい笑顔を振り撒きながら、リチャードソンがテーブルに両肘を突いたのだ。

サンドウィッチだからいい、ということはない。

仮にも英国紳士ならば、幼い頃から身に付いているはずだ。

初めは好ましいと感じた愛想のよさも、紳士にしては軽すぎると思えてきた。

ともあれ、問題はマナーである。

もしや、恋人の前だからとくつろいでいるのか。

さすがにエルザも注意をするだろう。

女であっても年上で、商いもリチャードソンより成功している。美しいと同時に貫禄も十分であり、説教をしても言い返されまい。

しかし、夜食の席は静かなまま。

エルザはもとより十兵衛も給仕しながら気を付けているので、聞こえてくるのはリチャードソンの食器が触れ合う音ばかり。

不作法な振る舞いは、それだけにとどまらなかった。

「まって！」

下げようとするのを押しとどめ、さっとリチャードソンは手を伸ばす。

つまみ取ったのは、皿にこぼれたじゃがいものかけら。

口に運ぶ動きも、あくまで自然なものだった。

わざとやっているわけではない。

油断をすると、こうした振る舞いが出てしまうのだ。

何を考えているのか、エルザは一言も注意をしないままだった。

ぽつりと一言漏らしたのは、口づけと抱擁を交わし、馬蹄の響きが遠ざかった後のこと。

「Oh, boy……」

恋人を少年扱いするのは、必ずしも悪い意味ではあるまい。

しかも相手は実際に年下なのだ。

だが、エルザの横顔には笑みひとつ浮かんではいなかった。
離れて立った十兵衛は、困惑を隠せない。
ちなみに、リチャードソンは独りで帰宅したわけではない。
王に手綱を取らせ、馬上で精一杯背を伸ばしていた。
さすがに、恋人に落馬する姿を見られることは避けたいらしい。
ならば、先程からの不作法な振る舞いは何なのか。
わざとおどけて見せていたのなら、まだ分かる。
だが、王に手綱を取らせたリチャードソンの態度には見栄が感じられた。
しかも十兵衛に礼と愛想を連発したときと違って、振る舞いは横柄そのもの。
一体、どちらが本性なのか——。

五

その夜、洗い物を済ませた十兵衛にエルザは横浜に呼んだ目的を語った。
「リチャードソンどのに、菓子を？」

「あの子の好みがわからないのさ。おねがいだよ、ジュウベエ」

「それは構わぬが……」

請け合いながらも、十兵衛は不思議に思った。

男勝りのエルザだが、料理は上手い。

もちろん菓子の作り方も一通り心得ており、ジェニファーに与えるおやつはいつも自ら拵えていた。

先だって催したティーパーティーでは、招待した客たちとの商談に集中するため懇意の店に発注したものの、ふだんは人任せになどしない。

十兵衛にとっては、西洋菓子作りの師匠のようなものである。

何故に、わざわざ自分を呼んだのか。

理由は王と二人きりになったときに判明した。

「ボスは本当のことを言っているのだ」

「まことに、リチャードソンどのの好みが分からぬのか」

「しかたがないだろう、十兵衛。ボスが作る料理や菓子を、あいつがうまそうにたべたところを、俺は見たことがない」

「まことか？　あの御仁が？」

じゃがいもを嬉々として頬張る姿を目の当たりにしたばかりの十兵衛には、甚だ信じがたいことである。

だが、王が知る一面は違うらしい。

「俺におともをいいつけたところも、見ていただろう」

「うむ。些かぞんざいだったな」

「いささかどころではない。あいつはひどいやつなのだ」

王は憤然としていた。

いつも冷静なのに、珍しい。

「まぁ聞け、十兵衛」

王曰く、二十歳の若さで上海に渡って拠点を構え、貿易商を営むリチャードソンは、苦力《クーリー》と呼ばれる現地の人足たちを酷使し、平気で足蹴にするのが常だという。

「うーむ……」

十兵衛は思わず腕を組んだ。

にわかには信じがたいことである。

だが、王は冗談を言っているわけではないらしい。

「俺のくにで調子にのってるのはあいつだけじゃないが、リチャードソンは評判がわるすぎる。うらんでいるやつ、大勢いるぞ」

「………」

「どうした、十兵衛」

「いや……人は見かけによらぬと思うてな」

「そうか？　俺は、見たままのやつだとおもうぞ」

王は忌々しげに続けて言った。

「ジェントルマンを気取っているが、リチャードソンはなりあがりだ。学問なんかほとんどしていないし、マナーも見よう見まねってやつだ。馬にほとんどのれないのは、おまえもわかっただろう？」

「うむ……」

「ボスのあいてだからしかたがないが、俺はきらいだな。おまえもあんまり肩入れしないほうがいい。いつかけとばされるぞ」

「………」

自分が接したリチャードソンは、もしや別人だったのか。

迷いを覚えずにはいられぬ十兵衛だった。


二人のやり取りを、隣室でいかつい男が盗み聞いていた。

六尺豊かな大男である。

十兵衛にはやや大きめの寝台も、この男にはちょうどいい。異人たちにも見劣りしない、堂々たる巨漢ぶりであった。

「…………」

眠れぬまま、巨漢は寝返りを打つ。

日下部《くさかべ》五郎、三十六歳。

元は攘夷の急先鋒である、水戸の藩士だった。

開明派の岩井信義に天誅を加えるべく襲撃したものの十兵衛に敗れ、恥じて腹を切ろうとしたときに西洋菓子を振る舞われたのをきっかけにして、エルザの用心棒に収まって久しい身である。

もっとも、当人に宗旨替えをしたつもりはない。

異人を敵と見なし、日の本から追い出したい気持ちそのものは、以前とまったく同じであった。

それでいて、エルザには好意を寄せて止まずにいる。

攘夷の一念に凝り固まった五郎をして自覚させられたのは、一度惚れてしまえば国の違いなど気にならないという事実。

(まこと、ボスはいい女だ……他の奴に渡しとうはない……)

とはいえ、まだ面と向かって好意を伝えたわけではない。

あくまでも五郎の片想いだったが、のんびり構えていられなくなってきた。

エルザはリチャードソンに本気で惚れている。

そうでなければ、わざわざ十兵衛を横浜に呼び寄せはしないはず。

(おのれ、異人の若造め……)

寝台に横たわった五郎は、焦りと苛立ちを隠せない。

リチャードソンとは一度、戯れに腕相撲をしたことがある。

辛《から》くも勝ちはしたものの、なかなか腕っ節は強く、侮れない。

もっと立派な男なら、諦めも付いただろう。

だが、相手は三十前の若造である。
エルザにふさわしいとは思えない。
されど、当人同士が相愛とあっては割り込みがたい。
このままでは、五郎が平静を装えなくなるのも時間の問題。
ならば、いっそ行動に出たほうがいい。
(俺のほうがボスを幸せにできようぞ……うむ、そうに違いない……)
己に言い聞かせて気が落ち着いたのか、五郎は程なく眠りに落ちた。
いびきがやかましい。
「静かにせい、五郎どの」
隣室から十兵衛の声が聞こえる。
五郎は眠りに落ちたまま、安らかな笑みを浮かべるばかり。
六尺豊かな巨漢で造作もいかつい五郎だが、寝顔は無邪気そのものだった。
されど胸の内に抱える感情は、子どもとは違って根が深い。
ひとたび火が付けば、血の雨が降るのは必定。
五郎には十兵衛と、五分の勝負ができる腕が有る。

味方に付ければ頼もしいが、敵に回せば厄介そのもの。
そんな五郎の危うさに、まだ誰も気が付いてはいなかった。

六

翌日から、十兵衛は菓子の試作を始めることにした。
王の話を聞いても、断ろうとは思えなかったのである。
リチャードソンのことが、人として嫌いになれないからだ。
それに本物の外道ならば、エルザが好意を抱くはずがあるまい。
真の答えは、菓子を贈られたときの態度から見極めることにしよう。
十兵衛はそう思い定めていた。
菓子の材料は、昨夜のうちに決めてあった。
まずは茹でたじゃがいもをつぶし、裏漉しにする。
鉄鍋で練り、あんこに仕立てるのだ。

あれから王に訊いたところ、イギリス人はじゃがたらをこよなく好み、さまざまな料理に仕立てて味わうとのことだった。

知り合いのコックが船に乗り込んでいたときも呆れるほど皮を剝かされて、心底うんざりしたという。

それほど好きな食材ならば、菓子として出てきても喜ぶのではあるまいか。

嬉々として頬張っていた笑顔を脳裏に描きながら、十兵衛は作業を進める。

（あのような顔ができる者に、悪しき心はあるまい……）

練り上げたあんを、十兵衛は小麦粉の皮にくるむ。

昨夜のうちに仕込んでおき、十分寝かせた生地である。

館の台所に備え付けの天火で焼いたのは、英国風のパイに仕上げるためだ。

「……よし！」

一口かじって十兵衛は微笑む。

香ばしい皮の感触は、以前にエルザが作ってくれたパイそのもの。

中身のあんもほくほくとした、じゃがいも本来の甘さが活きたものだった。

後はみんなに試食をしてもらい、さらに完成度を高めていけばいい。

昼下がりの館には、他に誰も居なかった。

十兵衛を試作に集中させるため、エルザが気を利かせてくれたのだ。

ジェニファーも連れて出てくれたので、心配はない。

そして王は命じられた仕事で出かけ、五郎も同様のはずだった。

（着替えてひと眠りさせてもらうか……）

ふぁっと十兵衛は伸びをする。

と、視界の隅を大きな影がよぎった。

窓の外を、何者かが行き過ぎたのが見えたのだ。

（五郎どのか……？）

たしか神奈川宿に出向かされ、夕方まで戻らぬはず。

それがなぜ館に戻り、再び出て行ったのか。

仕事を早めに済ませてきたのなら堂々と入って来て、十兵衛にも声をかけてくれればいい。

しかも部屋を確かめたところ、五郎は鑓《やり》を持ち出していた。

尋常なことではない。

武士が大小の刀を帯びるのは、身分の上で認められた特権である。

だが弓や鉄砲、鑓については、士分といえども規制が有る。

いざ合戦となった有事しか手にする必要のない武具と見なされ、平時に持ち歩くのは罪に問われる。それと承知で密かに持ち出したのは、よほどの目的があってのことに違いない。

迷っている暇はなかった。

まずは頭に巻いた手ぬぐいと、前掛けを外す。

身支度を済ませたのみで、得物まで持とうとはしなかった。

館には、エルザ愛用の洋剣が幾振りか置かれている。以前に寄宿していたときに手入れを任されていたので、扱い方はおおよそ分かっていた。

突くのに特化した細身のエペはともかく、反りのあるサーベルならば刀と同じ手の内を利かせ、何とか振るうことができる。

にも拘わらず丸腰で出て行ったのは、五郎を仲間と思えばこそだった。

七

五郎が夜道を進み行く。

向かった先はチャールズ・クラーク邸。クラークは大手の商社員で上海駐在中にリチャードソンと親しくしており、横浜に来るたびに歓待している。

闇討ちすれば騒ぎになり、早々に捕らえられてしまう。

だが屋敷に忍び込んで斬って捨てれば、すぐに事は発覚しない。

頭に血が上っていても、役人に捕まらないように立ち振る舞えるだけの冷静さは残っていた。

鑓を持参したのは、馬に乗って反撃してきたときの備えであった。

六尺豊かな五郎といえども、馬上の敵を斬るのは至難の業。高く跳び上がりざまに斬り付ければ一太刀は浴びせられるが、外してしまえば後がない。

しかし鑓ならば、柄が長いので遠間の敵とも戦える。

横浜に来てから手に入れた鑓は、長柄を分割して携帯することができる。

初めから便利な造りになっていたわけではない。

王の知り合いの鍛治屋を紹介してもらい、言葉が通じなくても分かるように自ら引いた図面を見せた上で、短く切り分けた柄を連結する金具を拵えさせたのだ。

五郎は、国許の水戸で鑓の遣い手として知られた男。

剣を取っても十分強いが、長柄の扱いはさらに上を行く。

リチャードソンが馬に乗って攻めてきたほうが、むしろ腕の振るい甲斐があって喜ばしい。

(目に物を見せてくれるわ、夷狄どもめ)

五郎の決意は揺るぎない。

邪魔立てすれば、クラークのことも容赦はしないつもりだった。

発覚すれば罪に問われるのは、もとより承知の上である。

水戸藩士として事を為せば、捕まるには及ぶまい。

家中を挙げて五郎を庇い、幕府はもとより敵国に対しても引き渡すような真似はしないからだ。

しかし、今の五郎は脱藩者。

まだ水戸藩に属していれば異人斬りも大義と認められたのに、思えば早計だったのかもしれない。

だが、不思議と後悔はなかった。

信義を討ち損ね、十兵衛に敗れてすぐに腹を切っていれば、新たな暮らしを満喫することはできなかったからだ。

横浜での暮らしそのものは楽しかったし、エルザに陰で想いを寄せることにより年甲斐も無く胸をときめかせ、悦に入ることもできた。

されど、あの若造はいけない。

紳士と呼ぶには、振る舞いが粗雑に過ぎる。

しかも満足に馬にも乗れぬとは、身分のある武士ならば世間の笑いものだ。

リチャードソンを空しくすることは、結果としてエルザのためになる。

年下のつまらぬ男になど肩入れせず、母親として生きてほしい。

いかつい五郎だが、ジェニファーには好かれていた。

願わくば父親になりたかったものだが、そこまで欲をかいては罰が当たる。

世話になった礼として、恩人にふさわしからざる若造を斬る。

どうせ異人斬りをするのなら、そこに意味を持たせたい。

五郎はずんずん進み行く。

もはや思い残すことはない——。

ところが館の庭に入り込んで早々、行く手に立ちはだかる者が居た。

六尺には届かぬまでも、背が高い。

「小野……か？」

「馬鹿な真似は止《よ》せ、五郎どの」

十兵衛は間合いを詰めてきた。

さっと五郎は鐺を旋回させる。

左足を前にして、構えを取った姿に隙は無い。

十兵衛はぎりぎりのところで足を止めた。

「何をする気だ、貴公」

「退け。おぬしの知ったことではない」

「そうは参らぬ……。リチャードソンどのは、拙者の客だ」

「うぬっ」

五郎は怒りの声を上げた。

今や五郎は、恋情だけで動いているわけではなかった。

異人憎しの一念の赴くままに斬ろうとする、攘夷派に戻ってしまっている。

当人は気付いていなかろうが、間違いない。

斯《か》くなる上は友としてぶつかり合い、行き場のない怒りを散らしてやるより他にあるまい。

「むん！」

「りゃっ」

二人の気合いが激突する。

闇を裂き、五郎の鑓が突き出される。

同時に、だっと十兵衛は地を蹴った。

突いてくるのを紙一重でかわすや、鑓穂の上に腕を載せる。

「！」

慌てて五郎は鑓を引こうとしたが、突進するのが速かった。

十兵衛の腕が長柄に沿って、ぶわっと五郎の喉元に打ち込まれる。

本来は刀を用いる、橋掛かりと呼ばれる鐺封じの一手であった。

吹っ飛ぶ五郎を見やりつつ、十兵衛は鐺を拾い上げる。

目を離さずにいたのは正解だった。

「御免！」

苦しげに咳き込みながら、五郎が柄に手をかけたのだ。

十兵衛はすかさず背後に廻る。

鐺を放り出し、一気に跳んで間合いを詰めたのだ。

抱き止めるには遅い。

だが、五郎は腹を切るには至らなかった。

脇差を抜くより早く、十兵衛に鞘を押さえ込まれていたのである。

こうされてしまっては、幾ら力んでも抜けはしない。

「死なせてくれ、小野っ」

「そうはさせぬぞ」

十兵衛の口調は厳しい。

「貴公、どこまで世の事どもを学んだつもりでおるのだ」

「何……」

「浅き考えで事を判じるは愚者の所業ぞ。まして死を選ぶとは愚行の極み……そうは思わぬのか」

「…………」

五郎は思わず顔を伏せる。まさに恥の上塗りだった。

ふっと十兵衛の表情が優しくなる。

「拙者は貴公がうらやましいぞ」

「何を申すか、おぬし」

「そうであろう。貴公は日の本で暮らしていながら、外国の動きを間近にて感じることができるのだぞ。その気になりさえすれば、な」

「外国の動きを……？」

「貴公、異人向けの瓦版があるのを存じておるか」

「ああ。すべてエゲレス語で書かれているそうだな」

「まずは、それを読み下せるようになってみよ」

「えっ？」

「分からぬ言葉はボスか、恥ずかしければジェニファーに訊けばいい」

「阿呆、余計に恥ずかしいわ」

「ははは、やっと笑ったな」

十兵衛は晴れやかに言った。

「何事も習うより慣れよ、だ。学び始めるのに遅いということはない」

「そうか……そうだな」

「精進いたせ、五郎どの」

「うむ」

うなずきながら、五郎は感謝せずにいられない。

あのまま腹を切っていれば、何も始まりはしなかった。

十兵衛のおかげで進む先を見出し、攘夷と決別できた五郎であった。

八

翌日、十兵衛は改めてクラーク邸を訪問した。

昨夜の騒ぎを表沙汰にせず、すべて水に流してくれた礼である。

持参したのは、じゃがたらのあんをパイ生地で包んだまんじゅう。

エルザからリチャードソンへの贈り物にするつもりで考えた品だが、エルザはエルザで、工夫をしてくれればいい。

食の好みが洗練されていなくても、いいではないか。

それにじゃがたらを好むのは、イギリスの人々みんなに共通することであるという。

気取っているようでいて、実は親しみやすい一面もあると思えば微笑ましいし、まして年下の恋人ならば可愛く感じていい。

やはり、エルザが自分でやるべきなのだ。

むろん、そのときは助言を惜しまぬつもりである。

今日の訪問は、あくまで個人としてのお詫びと挨拶。

反応は良かれ悪しかれ、一人で受け止めるつもりであった。

クラークは同席を断り、出てきたのはリチャードソンのみ。

「おいしいです、ジュウベエさん」

客間で向き合い、リチャードソンは嬉々としてまんじゅうを頬張った。

素材選びは正解だったようである。

茹でたてのじゃがたらを頬張り、サンドウィッチの皿にこぼれたかけらまで指でつまんで口に運んだときにも増して、表情を輝かせている。

「おいしい、おいしい……」

拙《つたな》くても相手の言葉に合わせるのは、親しみと敬意の表れである。

菓子を作って喜ばれるのは、職人として何より嬉しい。

相手が異人であっても覚える喜びは変わらぬどころか、むしろ深い。


エルザの館に戻った十兵衛は、どっとベッドに身を横たえた。

寝台が部屋にあるのは便利でいい。

万年床にしていても、誰からも文句を言われない。

同じことを和室でやれば、噴飯ものだろう。

（マナーの良さと気楽さが同居しておる……か。まこと、異人にはさまざまな面が

あるのだな）

そんなことを考えていると、ドアが鳴る。

誰かがノックしているのだ。

（五郎どのだな）

十兵衛はすぐ察しが付いた。

エルザと王が不在だったから、というわけではない。

ノックは三度、間を置いて慎ましやかに行うのが正しいマナー。

しかし鳴ったのは二度だけで、しかも間隔は短い。

これでは便所で順番を待ちきれず、早く出てくれと催促するときと同じである。

他の者ならば、馬鹿にされたと受け取ることだろう。

だが、十兵衛は怒らなかった。

五郎はまだ修業中の身である。

有り体に言えば、始めたばかりだ。

まずは英字新聞を読むことに取り組み、ジェニファーにからかわれながら単語の意味を訊くことも厭わずにいる。

しばらくは微笑ましく見守っていたい。

それにしても、何の用か。

十兵衛は身を起こし、ドアに歩み寄る。

顔を見せたのは、いかつい五郎ではなかった。

「リチャードソンどの……」

十兵衛は戸惑いを隠せない。

これは馬鹿にされてのことなのか。

答えは、相手の口から明かされた。

「いまのわかりましたか、ジュウベエさん」

「扉を打つ数が違いまする。それに間合いも」

「なぜ、ごぞんじなのですか」

「ボスを始め、どなたもそうしておられる故……。されど厠で耳にするのとはどこか違うと感じ、王に訊いて違いを知ったのでござる」

「さすがですね」

リチャードソンは微笑んだ。

「あなたはなんでもおぼえがはやい。だからわたし、そんけいします」

「い、痛み入る」

恐縮しながらも、まだ十兵衛は分からない。

幾ら何でも、ノックが満足にできぬようでは商いも務まるまい。

わざと間違えたのなら、その意図は何なのか。

答えは、リチャードソン自身の口から明かされた。

部屋を出て、庭に立ったときのことである。

小さな庭だが、眺めはいい。

折しも日が暮れかけていた。

夕日に染まる海を見やりながら、リチャードソンは言った。

「わたし、あなたにマナーがわかるかどうかをためしました」

「それはまた、何故に」

「わたしのことをどのようにみているのか、しりたかったのです」

「それはもう、ひとかどの紳士かと」

「ほんとですか？」

「………」

「ジュウベエさん」

「な、何でござるか」

「わたし、しばらく横浜にとどまります」

「えっ」

「うまにのれないままでは、エルザにわらわれます」

「ならば、ボスに教われればよろしかろう」

「いいえ、それではあまえになってしまう。だからクラークのさそいにのって、遠乗りにでかけようとおもいます」

「なぜだ」

「つきあいがあるからですよ。それに、どこの国でもとくいなことは人にじまんしたいものでしょう？　クラークもおなじです。馬にのるのがへたなわたしをわざとさそって、いっしょに連れていくレディたちの前でいい気になりたいのです。優しいふりをして教えてやるよと言っているのも、いいところをみせたいからにきまっています。こまったやつですが、ビジネスの先ぱいですからしかたありません」

うなずける話であった。

昨夜も今日も、クラークは十兵衛のために玄関に立ってはいない。挨拶はすべて座ったままで受け、腰を浮かせようともしなかった。

五郎を訴えなかった理由も同様なのだろう。

誇り高い自分より劣った輩に庭まで忍び込まれ、客人の命を狙われたのは何とも恥ずべき話。こんなことが世間に知れ渡っては情けない――。

こちらに寛大と思わせておいて感謝させ、実は馬鹿にしていたと思えば少々腹も立つが、相手の流儀が不変であれば致し方あるまい。

リチャードソンにとっても横浜は上海と同様、いずれ商いの場となるはずだ。

「…………」

クラークの口から恥ずべき噂が広がっては、まずいのではないか。

「やはり止めておいたほうがいい、ボスに習えばよいではないか？」

「だいじょうぶです」

リチャードソンは笑顔で言った。

「わたし、みえをはるのはやめました」

「見栄……」

「きづきませんでしたか、ジュウベエさん」

「いや……どうせならば、このまま張り続けてはどうか」

「いけません。みんなわかってきました」

リチャードソンは苦笑してみせた。

「いつまでもおしばいはつづきません。エルザにも、ほんものにならなくてはだめとしかられましたよ」

「………」

十兵衛は口を閉ざした。

エルザとまで話したのなら、余計なことは言いかねる。

とはいえ、やはり遠乗りは危険だった。

居留地の十里四方ならば、関門を出ても安全とは限らない。

まして、過日の如く東海道に出るのは自殺行為。

もしも大名行列にでも出くわしたら、とんでもないことになるだろう。

攘夷派浪士の異人斬りは、公に認められた行いとは違う。

しかし、大名の駕籠先を乱したときの無礼討ちは家臣の務め。

異人であろうとなかろうと、無礼者を放っておけば家臣たちが責を問われ、下手をすれば切腹ものだ。

同じ日の本の民が何かの弾みで無礼をしたところで、斬られてしまうことは皆無に等しいだろう。

だが異人の仕業ならば、話は違う。

脱藩してまでやりたいとは思わぬまでも、日の本に乗り込んできた異人たちを腹立たしく思い、折あらば刀の錆《さび》にしてやりたい者は少なくない。血の気の多い若者には尚のことだろう。

そんな面々と出くわしたら、ここぞとばかり滅多斬りにされてしまう。

犠牲になってからでは遅いのだ。

まして、死に損にもなりかねない。

無礼討ちは、あくまで徳川の天下でのみ通用する御法である。

広く言えば武家の常識だが、さすがに外国にまでは通用しない。

しかし、いざ現場に出くわした者たちに配慮を求めるのは難しい。

家臣の責としてやむなく抜刀する者がいれば、自分でも御しきれない衝動に駆られて斬りかかる、若い者もいるだろう。

問題は、事が起きてからだ。

賠償では話が済まず、これを口実に戦が起こりかねない。良かれと思っての異人斬りが、日の本を滅ぼすきっかけになってもおかしくないのだ。

「止めておけ、リチャードソンどの」

十兵衛は重ねて告げた。

先程までより、語気が強い。

「どうにも悪い予感がする……自重いたせ」

それでも、リチャードソンは従わなかった。

「このくにでは、ならうよりなれよ、というのでしょう？」

「え……ご存じなのか」

「そうしなければ、なにごともみにつかないとききました」

「さ、左様」

「ジュウベエさんもそうだったのですか？」

「うむ……」
十兵衛は、ふっと微笑む。
習うより慣れよ。
それは十兵衛自身、国許で父によく言われたことだった。
小野家にとって、菓子作りは余技。
つまり、技を極めた者は誰もいなかった。
自分が満足にできぬことを、息子に講釈するわけにはいかない。
故に父は十兵衛の好きにさせてやり、京と江戸に留学させて学びの機会を与える
一方、押しつけがましく指導することはなかったのだ。
同じことが、リチャードソンにも言える。
貧しい家に生まれた青年は、苦労の末にひとかどの男となった。
とはいえ、まだ本物の英国紳士にはなりきれていない。
だが、それでいいのだ。
たしかに、エルザが手ほどきしてやるのもいいだろう。
かつて貴族の夫を持ち、自身も家柄のいい彼女ならば、未だ粗削りな青年を立派

に仕立てることができるはず。

されど、甘やかすのは当人のためにはならない。

先の長い青年には、苦労することが必要だ。

周りから失笑されてもめげずに励んだ上で、完成させる技には値打ちがある。体で覚えることにより、二度と忘れはしないからだ。

かつての自分と同様に、リチャードソンにも精進してほしい。

今は馬に乗れるようになりたいのなら、反対すまい。

思う通りに励むことで、日の本に来た意味を見出してくれればいい。

しかし、やはり十兵衛は止めるべきだった。

悪い予感が的中し、自分が江戸に帰った後の八月二十一日に、リチャードソンがあの生麦村で若い命を散らすことになろうとは、夢想だにしていなかった。

この作品は書き下ろしです。

甘味屋《かんみや》十兵衛《じゅうべえ》子守《こも》り剣《けん》3

桜夜《さくらよ》の金《きん》つば

牧秀彦《まきひでひこ》

平成25年6月15日　初版発行

発行人——石原正康
編集人——永島賞二
発行所——株式会社幻冬舎
〒151-0051東京都渋谷区千駄ヶ谷4-9-7
電話　03(5411)6222(営業)
　　　03(5411)6211(編集)
　　振替00120-8-767643
印刷・製本—株式会社 光邦
装丁者——高橋雅之

幻冬舎時代小説文庫

ISBN978-4-344-42037-3　C0193　ま-27-3

幻冬舎ホームページアドレス　http://www.gentosha.co.jp/
この本に関するご意見・ご感想をメールでお寄せいただく場合は、
comment@gentosha.co.jpまで。